U0147036

20年增訂版

點線賺錢術

Technical Analysis
技術分析詳解

鄭超文

財訊出版社

點線賺錢術：技術分析詳解
目次 CONTENTS

波浪理論的運用 183

第二部 技術指標分析

移動平均線 203

第**6**章

乖離率、MACD及逆時鐘曲線 227

相關技術指標簡介　　　289

第三部 操作策略與觀念

第10章

投資的策略與觀念 315

•修訂第十版序

人生俱俱皆由命，天數茫茫不可逃。

在1997年亞洲爆發第一次金融風暴的時候，編著者無意間得知，日本各大證券公司的高級主管，尤其是研究單位的主管，大都在清晨四點鐘趕到公司，盡快蒐集歐美股市收盤後的評論，觀察歐美股市對於亞洲金融風暴的反應與觀點。

事隔將近十年，編著者有機會就到處詢問調查，國內各大法人機構在金融風暴發生當時，卻都沒有人有類似行動，之後也缺乏這樣的反應機制。這印證了國內金融機構水準一直停滯不前，是個毫無疑問的事實與宿命；對於重大事件缺乏有效的因應機制和措施。

回頭看當時受到金融風暴影響最大的韓國、泰國、印尼，早已擺脫風暴的危機，甚至一再創下新的榮面；然而國內股市的表現卻是遠遠落後。就算股市的表現落後，行情的波動還是頗有幅度，但是國內法人機構的操盤績效，卻是每下愈況，大多數的情況都是處於挨打的局面。很明顯的，操作制度與操盤觀念，都有值得檢討與提升的空間在。

法人機構重視基本面分析，這個大原則沒有錯，但前提是要先找出有效的研判方式，進而研擬完善的操盤制度。而不是就眼前呈現的事實追逐行情。

　　一個真正的操盤者，必須要有超越的眼界，能夠看到未來半年、一年的發展趨勢，然後觀察出未來的機會。就2004年加權指數最高點7,135點來說，這個水準已經反映了當年度基本面應該有的上限水準。真正的核心主力，早在7,135點見頂前，已經出脫相當多的持股，完全不受後續利空的衝擊。

　　加權指數在7,135點時的總市值高達17兆元，已經是歷史的新高點，比之前在10,393點、10,256點時的總市值紀錄都高。這種總市值水準與當時的存款餘額比較，都達到瀕臨危險的程度。其次，以GDP、利率水準來觀察，7,135點也已到了指數的上限水準。到了此時如果還要樂觀看待，就必須有足夠的數據、證據，確認次年有更佳的經濟成長率。

　　一個真正厲害的主力，在布局一檔要走大行情的股票，經常要費時五到八個月的時間，慢慢地吸納籌碼，然後才發動一波長達八個月，甚至長達兩年的多頭走勢。要進行這樣的工作，若非有高望遠眺的基本面修養，實難奏功。

　　不要以為市場主力只要資金夠雄厚就好，最重要的其實是要具備上述條件——否則再雄厚的資金都會化為烏有。當年翁大銘最風光的時候擁有一千四百億元，但不按照基本的規範進行操作，沒有多久就消耗殆盡。大資金的進出，就跟大部隊的調度一樣，更需要講究規範，穩紮穩打，否則兵敗如山倒，禍在不測。

　　以基本面的各項主要數據，確實可以正確地推算出股市的上限、下限水準，但還是要進一步從長期的圖表上，觀察出籌碼的分布狀況，再來修訂預估的目標區。

　　假設一支股票基本面的展望十分亮麗，但是籌碼分布過於凌亂時，除非有計畫的壓低吃貨，洗清所有浮額，否則難以期待較大的行情。例如廣達上市的時候，股東釋出的籌碼太少，因為流通性不足，而且市場主力畏懼大股東龐大的籌碼潛在賣壓，因此沒有主力願意介入，所以上市的表現就遠遠低於較早上市的華碩。

　　因此，基本面分析要能夠發揮作用，技術面的運用技巧不能不重視。市場主力手中沒有籌碼，基本面再好也只是隨勢表現一下，難以掀起樂觀的大行情。而真正能夠持之恆久的基本面行情，主力當然不會錯過。

　　所以國內法人機構多數無法繳出漂亮成績單，有三個宿命的因素：一是缺乏應變的機制；二是最擅長的基本面分析無法發揮有效的預測能力；三是技術面的判斷能力過於薄弱。因為這三個因素的影響，法人機構的操作其實跟一般投資人沒有兩樣，長久以來一直窮打機遇戰，操作績效受制於行情起伏。除非，經過痛定思痛的檢討，否則要期望法人機構的投資績效有明顯的進步，很難。從另外一個角度來看，世間皆凡人，確實很難敞開心胸、放開眼界。

　　本書在這一次第十版的修訂，仍然延續舊版的精神，就傳統的技術理論，提出近年來累積的新觀念與心得。一個有用的觀念，有時候雖是簡單無比，價值豈僅千金、萬金而已。有時候，一個錯誤的觀念，卻有可能纏身數十年而不自知。比如說，波浪大師羅伯‧派瑞特就深陷艾略特所設定的理論範疇當中，在1987年大勝之後錯著連連，迷失了將近二十年。

　　任何理論，無論是針對基本面或技術面，往往缺乏周詳有效的驗證工作，因此變數就無從掌控。而且理論歸理論，理論要達到實用的地步，必須在經過有效的驗證之後，進行策略的規劃與分析。

　　理論的價值，必須依賴策略分析，有點類似軍事的兵棋推演。策略對，簡單的分析工具都能小兵立大功；策略不對，即使擁有倚天劍、屠龍寶刀都可能反向砍傷自己。因此技術理論除了鑽研體會之外，有效的驗證是必要的；如果缺乏驗證，又沒有完善的策略分析制度，想要出現績效恐怕難上加難。

點線賺錢術

Technical Analysis

|技|術|分|析|詳|解|

◦前言

　　股票、商品的價格分析，其目的在於找出價格波動的**規律性與周期性**。如果能夠找出價格差異及其必然性，就可以從價差中賺取更多的財富。不只是股票、期貨市場，貿易商人到處旅行、詢價，也是為了尋找價格更低的貨品，銷往物價較高的地方，以賺取差價。此外，更可以藉著提高品質，加強包裝、廣告來增加附加價值，賺取更多的差價。

　　高明的投資者，或可稱之為投機者，除了一方面找尋價差，另一方面更會注意到尋求數量上的經濟效益，來創造更多的財富。數字不只是數學科學，有時它是個遊戲，有時它是個魔術；數字的變化也常常會是價格差異的機會，也是製造財富的機會。台灣過去在經濟的蓬勃發展，就是靠著許多積極、具有眼光的商人，利用國內優異的生產力、創造力，創造出龐大的賺錢機會。

　　假如金氏紀錄有出口世界第一的排名，台灣數十年來，創造了無數第一的紀錄，從早年的香蕉王國、洋菇王國、手工具王國、塑膠王國開始，一路上的經濟發展，創造了電腦、主機板、滑鼠、筆記型電腦的生產出口都是世界第一。

　　這種輝煌的紀錄，就是要有發掘價差的眼光，除了勤奮的工作外，不斷的創新，用以降低成本，進而創造更大的價差。

實際上，股價波動就是在產生價差，藉以吸引買者進場。假如股價毫無波動，也沒有吸引人的價差存在，那麼根本就沒有投資者願意進場。有些公司的大股東認為自己的股票很值錢，持股高達八、九成，甚至捨不得讓出股票，如此思維妨礙了這張股票的流通性，縱使上市對於投資人來說還是毫無價值。

就股票來說，尋找價格差異的機會，觀念上一般分為兩個主要的研究方向，其中之一為基本面的分析；其二則為技術面的分析。即所謂的基本分析，與技術分析。

基本分析的研究，在價格分析的領域來說，一直是最重要的部分。依照基本面理論的角度來看，經濟景氣的展望良好，社會上有著足夠的財富、資金，才能構成股票價格上漲的條件以及動力。而某一家上市公司，其產業前景不錯，經營上軌道，財務狀況健全，當然更能引起投資者的興趣，股票也更具上漲潛力。

由於經濟景氣的趨勢發展，通常是一個穩定而且持久的方向，因此基本分析的判斷是對、或錯，其實變動不會是很大。因此，利用基本分析的條件、方法，尋找一個景氣低迷的轉折點，來進行股票的投資，在性質上偏向於較長期的投資行為。

技術分析與基本分析相互比較，則顯得技術分析似乎較為短視、投機，純屬於中、短線之交易進出。一般技術分析專家所給人的印象當中，似乎是常常在追逐短線上的波動，而且對於行情趨勢的看法，也會經常的改變意見，難免會被視之為雕蟲小技。

　　然而，技術分析的重點、精神，則在於利用統計學、數學上的基礎，來尋找、分析、研判價格波動上的韻律、脈絡。基本上有些技術指標，例如KD隨機指標、MACD指標，如果能完全地遵照訊號操作，長期下來絕對能夠掌握七成以上的勝算；但是人之為人，必然會有七情六慾上的個性弱點與猶疑不定的軟弱時刻，讓投資人在進場買進的訊號出現時，做出了不同的反應。因此技術分析理論，實際上來說易學不易精；實際進行操作時，更牽涉到**投機的藝術**。

　　眾所周知，學習美術、繪畫，不過是拿起簡簡單單的畫筆、紙、墨彩就可以開始繪畫；然而，實際上有多少人成為知名畫家？投機與賭博的藝術也正是如此！大師精髓不可言傳，能夠成為真正的大師、大藝術家，牽涉到一個人的個性、思想和心態。

　　誰都知道，一個大畫家在指導學生時，通常只要拿起畫筆，在學生看來不怎麼樣的畫上簡單的劃上一、兩筆，整幅畫就大為改觀。一般人在研究、學習任何事物，缺乏的就是這種畫龍點睛的功力。

　　至於，基本分析與技術分析孰重孰輕？孰長孰短？這完全要看投資者的觀念與個性。本書強調的，完全屬於技術分析理論；針對各種技術分析觀念、技巧，以及有關的策略，來加以說明、詮釋。

　　基本分析的條件常常隨著時空環境改變。此種變化相當遲緩，若非經得起短期間可能相當激烈的震盪，否則投資人反而會擔負著更大的風險。舉例來說，台灣股市從12,682點的高點

崩盤之後，從基本面來看，4,000點左右可能會是個相當好的買進點；然而在技術面上，卻是剛跌破4,645點的重要頸線關卡，並非馬上進場買進的時機（圖表前-1）。即使依照基本面理由，在這時候買進的投資人，亦有可能會認賠砍在3,000點以下風聲鶴唳的行情當中；畢竟高達三成的損失比率，並不是一般人所能忍受的。

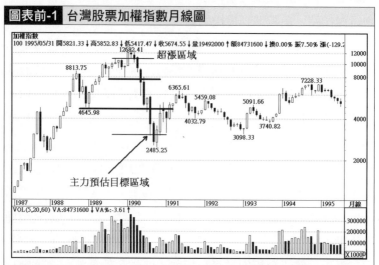

圖表前-1 台灣股票加權指數月線圖

超漲的走勢必然出現相對應的超跌走勢，這種市場邏輯並非基本面分析可以解釋的現象。1990年5月加權指數跌破7,887點的頸線關卡後，形成了較大的頭部形態，下跌的時間與幅度都是必須要從技術面的角度來研判，整體下跌幅度，高達80.4%。類似走勢，反映在2000年美國的那斯達克指數，在瘋狂性的追價後，從5,132點下挫至1,108點，跌幅78.4%。技術面的表現，合乎歷史的經驗。當時市場主力預估下跌的目標區落在3,000點附近。依照波浪理論不規則調整浪穿頭破底的原理，下檔目標至少要殺破4,645點。

　　根據專家的統計，股市的反應通常會領先經濟景氣半年左右。因而若非是對經濟景氣有著敏銳的感覺，就意味著投資人可能會有長達六個月的迷惑時期；也就是說股市見頂之後六個月才能確認頭部已現，見底六個月後才能確認底部。基本面的素養不足的話，以此操作股票必然會是緩不濟急。以期貨投資來講，較高明的做法是：「**從基本面尋找商品；從技術面尋找買賣點。**」以此而言，不管是投資股票或外匯、期貨，技術面的研究是不可或缺的修養；能夠掌握技術面，最起碼能夠讓投資人有個較穩當的進場時機。

　　基本面的分析，難學難精。尤其基本分析關於經濟發展的理論中，各種派別在觀念、意見都有著彼此不同的看法；相互之間對於社會經濟發展現況，也都難以取得妥當、一致的詮釋與解決方案。像這種連專家學者都可能會出現混淆的情況，基本素養不甚高的投資人當然只有瞎子摸象了，甚至不如用擲銅板的方式來決定方向。

　　以1988年、1989年的例子來說，在這兩年之中，美國股市仍然處於1987年10月大崩盤的陰影中，加上美國當時有著通貨膨脹、景氣衰退的隱憂，以基本面的觀點來講，股市應該沒有立即大漲的條件，結果還是在1989年之中，一再地克服了崩盤的夢魘，經過了一、兩次的小型崩盤後，就迅速反頭拉高，一再創新高點（圖表前-2）。

　　所以許多不信邪的投資人，在這兩年中，一再逢高放空，也一再賠錢。尤其在1989年中的某月，美國公布經濟統計數字，結果領先指標下降了1.2％，為歷年最高紀錄。許多的專

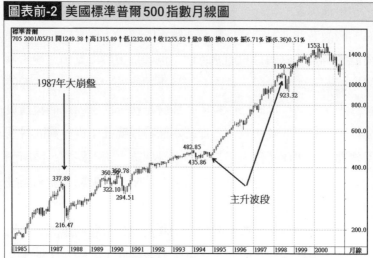

圖表前-2　美國標準普爾500指數月線圖

標準普爾
705 2001/05/31 開1249.38↑高1315.89↑低1232.00↑收1255.82↑量0 額0 換0.00% 振6.71% 漲(6.36)0.51%

在1987年10月的時候，標準普爾500指數從337.89點往下重挫到216.47點，跌幅36%。期指每口價差高達7.5萬美元，對空頭有非常大的誘因。在1989年與1990年都出現小崩盤的走勢，更是強烈的吸引了大量的空頭。
爾後因為蘇聯的解體，全世界的游資全面往美國集中，匯聚了主升波段大漲的動力基礎，漲幅高達173.5%。

家、非專家，相信技術面、不信技術面的人，統統加入了放空的大空頭陣容，最後下場卻是死傷狼籍。

當時國內的期貨投資人在運用基本面的觀念時，抱持著一個相當偏差的角度——以基本面的經濟數值做為短線上的操作依據；即使到了1995年年底，此種情形依然不變。多數人心理似乎仍懷有崩盤恐懼症，害怕萬一美國發生崩盤時，自己來不及放空；遂一路從450點放空，到了620點，也別無選擇地繼續放空。1987年10月美國的大崩盤，對空頭來說，的確是個

史無前例的第一特獎，因此隨時都在找機會放空。

　　美國政府在每個月的固定日期，都會公布一些重要的經濟指標，比如領先指標、GDP、失業率、通貨膨脹率PPI與CPI、貿易平衡帳（貿易赤字）、採購經理人指數等等。這些經濟數值，表現的是當月與前一個月的變動比率，無法反應長期的景氣趨勢、變化。根據經濟循環的角度以及長期的經驗，任何投資人都不能只以一時的數字變化，便斷定景氣的反轉。

　　以貿易赤字來說，美國是石油的進口大國。進口石油的申報提前或延後一個月，都可能造成某個月份的進口金額的大幅度變動。其次，有關軍火的採購，也會是一項變動的大因素。如此一來，貿易赤字的變動就會像是在變戲法一般，可能讓投資人疲於奔命。

　　股價的走向，永遠有著必然、穩定的循環趨勢。這可以說是股市中不變的定理。若投資人記憶猶深的話，可能還記得1989年初，當時加權指數剛從4,645點翻升上來，中央銀行卻宣布了一項在國際間難得看到的重大措施，調高銀行利率、準備率達到2%之多。一般先進工業國家調整0.5%，即屬重藥程度的整治措施。台灣股市卻經得起如此重擊，大盤只下跌、回檔了一天，即朝著股價指數屢創新高點的大道邁進，最高達12,682點。

　　次年8月，中央銀行反向調低了利率、準備率1%，此時的財經政策，反而讓投資人感覺到有利多出盡的味道，大勢反彈至5,825點之後，隨即無力上揚；再次地探底至2,485點。當然在加權指數5,825點之後的下挫因素，一般的印象是受到了

中東戰局伊拉克侵略科威特的影響。不過政策性的措施的確很難影響股市的大趨勢；充其量的最大效果也只能影響短線走勢（圖表前-3）。

　　就事實的經驗而言，基本面的分析也避免不了圖形分析上的運用。康德拉地夫的經濟景氣循環理論，仍然要使用圖表對照，才可以正確地印證周期、趨勢；同樣的，利率的數值變化也應該繪製出圖表，藉以研究、分析出未來的趨勢與變化。

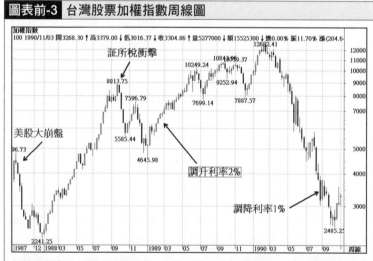

圖表前-3　台灣股票加權指數周線圖

加權指數尚在千點以下的時候，因為台灣的外匯存底大增，新台幣有被迫升值的壓力。當時日本專家根據本身的經驗，預估加權指數有大漲到萬點的實力。在朝向這個目標前進的時候，因為美國股市大崩盤以及證所稅的衝擊，出現了兩次重大回檔。唯有基本面的支撐，股市才能有比較樂觀的推升空間存在。當最大的不利因素擺脫之後，其他的利空因素就可以在市場主力的考量範圍內，有所防備。

　　嚴格說來，基本分析與技術分析都難免運用到一些共通的觀念。如果對於基本分析的經濟指標數值上的研判，也能夠以圖形分析上的技巧來運用；那麼在景氣趨勢的持續當中，當然也不能以一時的數值變化來認定景氣反轉。這也是許多技術分析大師強調的：「**要順勢操作，不要隨便猜測頭部、底部已經出現。**」股價在漲勢之中既然會回檔，經濟指標數值在一時之間的回落，也是正常現象。

　　因此，回頭思考「股市行情領先基本面半年」的說法。這種現象就在反映市場主力大戶的心態與看法，這些實力夠強的主力，能夠洞燭機先預測未來基本面的變化，預先採取動作。基本面條件的不同，自然有不同的表現。從2000年至2005年韓國、台灣股市即完全反應出基本面應有的水準。理論上，基本面的分析，也是可以用圖表化、量化的技術面手法來加以推測趨勢與未來的發展（圖表前-4）。

　　技術分析的最大宗旨，在於掌握價格波動的韻律。雖然多數人的觀念，認為技術面的分析強調的是中、短線的走勢；然而若是能確實掌握分析的技巧、精神；在理論上，不管是長、中、短期的股價波動，都應能有效預測，並決定進出策略。

　　就某些技術理論而言，經常能夠正確的推測出長期的價格走勢。像是利用波浪理論，可以輕易掌握大波段的走勢；依照規範，10,328點的大反轉，可以預估第一個下跌目標將會落在5,500點附近；極限目標則落在3,500點附近（實際3,411點）。只是波浪理論仍有不足之處，容易陷入死胡同，致使國內外所謂的波浪大師經常落得信口開河。

圖表前-4 韓國綜合指數月線圖

漢城綜合
909 2005/11/03 開1165.77 ↓高1220.69 ↓低1165.31 ↑收1217.97 ↑量0 額0 換0.00% 振4.78% 漲(59.86)5.17%

亞洲金融風暴後的最低點

277.37

韓國股市在1996年的亞洲金融風暴後，最低跌到277.37點，但是在引進外資，開拓中國大陸市場的情況下，從2000年以後經濟成長率優於台灣，股市表現領先台灣。

　　同樣的，如果以短線所使用的KD線指標來運用在長線的操作時，我們可以發現當月線的KD值在20的超賣區以下時，是一個相當好的長線買進點，如：在1982年加權指數421點、1990年的2,485點、1992年的3,098點（圖表前-5）。但我們可以看出來，KD值在80以上的超買區，賣點並不完全正確；因此技術指標在飆漲時的瑕疵、死角，正是所有使用者必須體認、防範的限制。

　　基本上股價受著通貨膨脹持續的因素，長期只會推升著股價向上；除非整個社會的經濟面完全破壞，否則KD值難以出現長期在20以下超賣區的大恐慌局面。

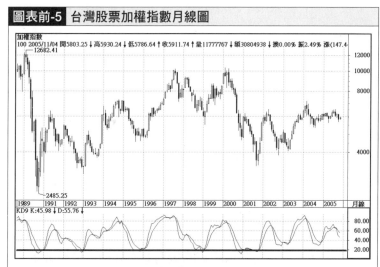

圖表前-5　台灣股票加權指數月線圖

月KD值在20以下，通常可以找出絕佳的長線買點，月KD值在80以上的賣
出訊號則經常太早出現。這種情況屬於常態，而且顯示一個訊息，所有的技
術分析理論，多頭比空頭較為正確的情況比較高。

　　技術分析專家為求掌握價格波動的韻律、脈絡，藉由各種
圖形、數值統計，所發展出各種實用的技術理論，或許其中也
包含很多誤導的觀念；即使是非常實用的技術理論，對於完整
的操作策略、概念，也可能有所隱晦。但研究者若能觸類旁
通，反覆參照、印證，仍有不少的機會可以獲利。

　　就事實來說，若非投資人太靠近市場，每天追逐短線上的
利潤，以致於見樹不見林，技術面的掌握其實不困難，從比較
長期的周線、形態，大可掌握住重要的波段走勢。如果圖表的
經驗相當足夠，從比較長的周線角度來看，行情趨勢的轉折相
當明顯。

　　本書盡量把學習、研究所需要參考的技術理論，彙整在一起，盡可能加以詮釋、評估。進門之功夫、技術，已經完全在此。至於修行、深造就要看學習與研究者個人的努力了。

　　本書內容大致區分為三大部分。第一部分為基本圖形分析。第二部分為技術指標分析。第三部分則為操作策略與觀念。

　　任何學問、技術，總是有萬流歸宗的門路、途徑，而運用之妙，則存乎一心。至此，則已屬於策略的研究領域，以武術來加以比擬時，技術分析不過是築基的入門功夫；而投資策略卻是登堂入奧的深造、修煉的心法。

　　嚴格來說，任何分析理論的最高層次屬於「**策略分析**」。策略分析精於探討實戰上可能出現的利弊得失，進而擬定計畫；而技術分析、基本分析的理論，都要經過策略分析，才能有效發揮功能與價值。

　　當諾貝爾經濟學獎得主克魯曼提出「汗水理論」時，全球投資大師都給予肯定與認同，進行廣泛而全面的布局，徹底掌握這個可觀的獲利機會，除了香港戰役失算之外可說大獲全勝。任何分析都是為了尋找機會，機會的掌握就必須運用策略來達到目標。

第一部

基本圖形分析

第 **①** 章

基本圖形理論

1·圖形的各種表現方法

　　圖表分析是技術分析最基礎的分析工具。股票或商品的價格，在圖表上的記錄、繪製方法，有點線圖（Line Chart）、K線圖（Rosokuashi Chart）、直線圖（Bar Chart，亦稱為美國線圖、條狀圖）與○×圖（Point and Figure Chart）等數種不同的主要圖形。

　　點線圖是所有圖表中，最簡單的圖形表示方法，它將每日價格（以收盤價為主）連接起來，用來表示特定商品價格的大

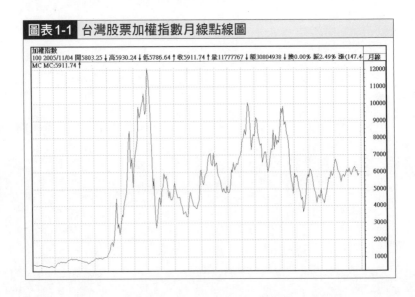

圖表1-1　台灣股票加權指數月線點線圖

致走勢。這種價格的點線圖，一般大多使用在文章上的簡易圖說（圖表1-1），目的是為了讓讀者掌握該商品價格的基本走勢。

K線圖又稱蠟燭線或陰陽線、酒井線。據說起源於日本德川幕府時代，大阪的米市商人用以記錄一天（或一周、月）行情價格的波動變化。這種圖形，是目前使用最普遍的圖形。

K線圖的構造可分為：上影線、下影線與中間的實體部分，分別用來表示當天的開盤價（Open）、最高價（High）、最低價（Low）及收盤價（Close）。如圖表1-2所示。在圖表1-2A中，收盤價較開盤價高，其中間實體部分以白色方格表示，或者可用紅色標示，表示當天「收紅盤」。

在圖表1-2B中，收盤價低於開盤價，其中間實體部分以黑色標示，表示當天「收黑盤」。

圖表1-2　K線圖的繪製法

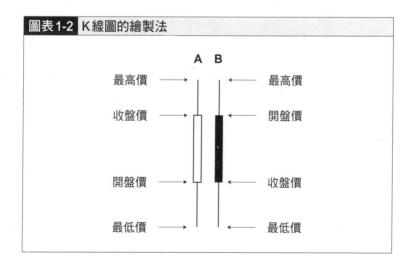

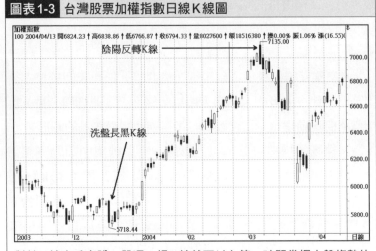

圖表1-3　台灣股票加權指數日線K線圖

加權指數
100 2004/04/13 開6824.23↑高6838.86↑低6766.87↑收6794.33↑量8027600↑額18516380↑換0.00%振1.06%漲(16.55)

陰陽反轉K線　→

7135.00

洗盤長黑K線

5718.44

對於K線高手來說，單憑一根K線就可以在第一時間掌握大盤趨勢的轉向。如圖，在2004年的3月8日出現了陰陽反轉K線，在7,135點終結了此一波段漲勢。

　　上影線的最高點與下影線的最低點，則分別表示當日行情的最高價與最低價。

　　直線圖的構造較K線圖簡單，是歐美人士的主要繪圖方式。直線圖的直線部分，表示當天（或當周、月）行情的最高價與最低價的波動幅度。左側較短的小橫線代表開盤價，右側小橫線則代表收盤價。在習慣上，常會省略左側開盤價的繪製，僅用最高價、最低價及收盤價表示（圖表1-4、1-5）。

　　開盤價通常只對當天行情走勢具有意義，對於圖形上的長期歷史（大勢）並不具備任何的意義。

　　K線圖表達的含意較為細膩敏感，也充分表現出日本人細

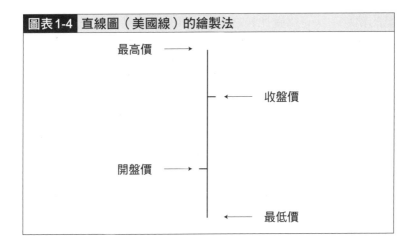

圖表1-4　直線圖（美國線）的繪製法

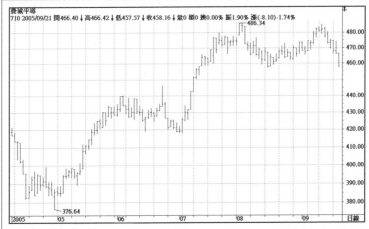

圖表1-5　直線圖（美國線）

在相對低檔的盤整區出現突破跳空的走勢，即使是收盤追高價買進，都仍有
相當大的獲利空間存在。

膩的精神。與直線圖比較之下，Ｋ線圖較容易掌握短期的價格
波動，也易於判斷多空雙方（買力與賣力）的強弱狀態，以做
為交易參考。直線圖則偏重趨勢面的研究，而且在繪製上較為
簡便迅速。

　　實際上，喜歡用數字計算來做研究的歐美人士，比較難以
接受日式Ｋ線圖那種近乎哲學與藝術的理論。事實上，兩者之
間的差異不大。最重要的是，投資人對個別商品價格波動、韻
律的感受力。1990年代開始，歐美金融界人士也逐漸接受Ｋ線
圖的應用。

　　做為歷史圖形的研究分析，Ｋ線圖較美國線（直線圖）更
具有研究與教學上的功用。學習技術分析，若能根據歷史圖形
仔細思考分析：為何如此開盤？為何如此收盤？為何收紅？為
何收黑？能夠如此鑽研Ｋ線圖，日積月累必有收穫。

　　比如說，Ｋ線圖比較注重開盤價的意義。大致來說，當日
的開盤價開高或開低，是買賣雙方經過一天的時間，充分考慮
之後，對股價預期心理的反應。從前一天的收盤之後到當日開
盤，隨著時間變動，環境變動，舉凡政策、經濟條件的變化與
價格上的比較，是偏高與偏低，均足以讓投資者重新考慮自己
的買賣抉擇。

　　也可以說，開盤價是當天開始交易時，多空雙方的楚河漢
界，陣仗在此擺開，互相攻城掠地。甚至可以籃球賽來譬喻，
開盤價正如開賽之際的跳球，跳球撥的漂亮，或可爭取致勝先
機。

　　收盤價的意義，則是每當新的一天開始交易後，市場上看

漲的多頭不斷的買進，甚至不計價格高低，以市價買進，此時形成買力大於賣力，價格一路往上推動，以致於收盤價比開盤價高，或收在最高價。這種情形即在K線圖上形成了紅線（陽線），如圖表1-2A所示。

　　反之，若當日在市場上看跌的空頭不斷賣出，甚至不計價格高低，只求脫手，形成了賣力大於買力，將價格一路殺低，以致於收盤價比開盤價低，或收於最低價。這種情形在K線圖形成了黑線（陰線），如圖表1-2B所示。因此，收盤價可說是在一天交易中，多空雙方的交戰結果。

　　研究圖形理論的投資人，可以從收盤價研判多頭與空頭的力量（圖表1-6）。研究技術分析的專家，則經常利用最高價、最低價與收盤價三個價位之間的關係，做為圖形研判的基礎。以數據為計算基礎的技術指標，也離不開這三個價位的相互比較、運用。

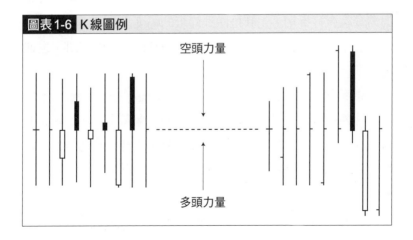

圖表1-6　K線圖例

空頭力量

多頭力量

　　乍看之下，開盤價似乎較不重要。然而開盤價在某些情況下，卻可以提供投資者兩個相當重要的訊息：一個是「跳空」，一個是「當日反轉訊號」。

　　跳空，意味著多空雙方中，有一方堅守最後防線。即買方在非常低的價格才願意買進，或賣方在非常高的價格才願意賣出。

　　在戰爭理論上，兩軍對陣中，若是其中一方撤守，常意味著該方一連串潰敗的開始；而另一方則可乘勝追擊，甚至長驅直入敵陣。因此在大多數情況下，跳空開高時，短線多頭可以一路追高買進；而跳空開低時，短線空頭可能一路殺低賣出。

　　尤其是當盤整區的反壓是以突破跳空的方式過關的時候，這種多頭買進的訊號必須確實掌握。2004年8月19日加權指數以突破跳空的方式突破盤整區反壓，盤中任何時間都是買進時機（圖表1-7）。

　　唯在市場的交易規則中，有漲跌停板限制時，跳空的意義與力量就會打折扣。尤其是漲跌停板的幅度太小時，便會扭曲多空氣氛。在某些狀況下，跳空經常隱藏著反轉的陷阱，也就是「當日反轉」。

　　這種訊號是，跳空開高（或開低）後，多頭長驅直入敵陣，卻因後繼無力退回開盤價下；空頭則保留實力，等候高價賣出，誘敵深入之後，再予以全力反擊。此時形成極長之上影線（或極長之下影線）。這種情況代表盛極而衰，變盤的徵兆。

　　1988年6月14日，美國公布貿易赤字，結果較預期赤字縮

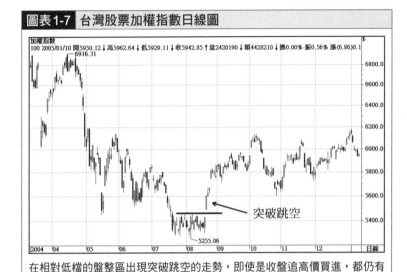

圖表1-7　台灣股票加權指數日線圖

在相對低檔的盤整區出現突破跳空的走勢，即使是收盤追高價買進，都仍有相當大的獲利空間存在。

減。隨後標準普爾500工業期貨指數跳空開高盤，多頭也一路買進，將指數價位不斷往上推高。待指數拉到280.00的整數關卡，多頭眼見衝關不成，獲利了結；空頭也擇高放空，價位下殺至開盤價下。收盤時形成了極長上影線之小黑線，類似「當日反轉」圖形（圖表1-8）。

　　台灣股市1989年8月8日股價加權指數以10,160點跳空開高，終場雖然較前一天收盤價小幅上揚，但在圖表紀錄上卻是小紅留下上影線的走勢，於相對高檔開高走低收中長黑，近似一個短線反轉訊號，隨後加權指數最低跌至9,140點（圖表1-9）。

　　當時台灣各大報紙、雜誌，甚至技術分析軟體，都以較長

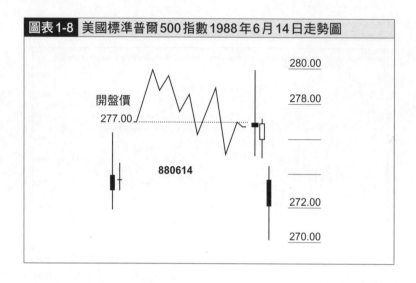

圖表1-8 美國標準普爾500指數1988年6月14日走勢圖

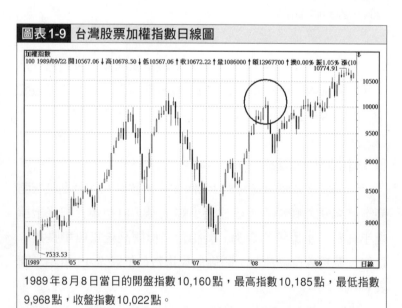

圖表1-9 台灣股票加權指數日線圖

1989年8月8日當日的開盤指數10,160點，最高指數10,185點，最低指數9,968點，收盤指數10,022點。

上影線之小紅線標示，形成失真的現象。以正確的觀點，當天開盤指數雖然延續前一日收盤指數計算，但仍有某些股票未能立即撮合成交。因此，較正確的做法應以全部股票撮合成交後的指數做為開盤指數，才能在圖形上真實表現當天盤勢。

　　證券交易所為避免短線炒作，每五分鐘公布一次加權指數，做法雖然有所偏頗，卻是不得已的措施。9點5分之指數雖然可能有部分股票尚未撮合，但做為當日之開盤指數，也可以顯示跳空應有的含意。如今國內股市的記錄方式已有所改變，這種現象也不復當年。但是歐美許多股市的報價，仍然是以前一天的收盤價來當作當日的開盤價，尤其是道瓊指數這個舉世最重要的參考對象，因而在研判的時候，必須注意這種差異。

2·K線圖的基本理論與應用

　　日本K線圖的基本理論，在於以陽線（紅K線）或者陰線（黑K線）來區別多頭力量、空頭力量的強弱程度。陽線的實體愈長、愈密，代表著多頭氣勢愈強；反過來，陰線的實體愈長、愈密，則代表著空頭氣勢愈強。

　　K線圖基本的研判，大致可分類為：「單日K線的判別」、「雙日K線的判別」與「多日K線的判別」。

1···單日K線的判別

　　①**陽線**：收盤價在開盤價之上，表示多頭買方經過一日（或一周、一月）的努力，以比較旺盛的買氣將價格拉抬至比開盤價還高的價格收盤。此種情形，表示著多頭的力量顯然較強。基本上，震盪幅度比較大的，才有陽線的意義，也就是「大陽線」或「長紅線」；幅度過小的，無論是小紅或小黑的走勢，都可歸類為「星線」（圖表1-10）。

　　如果陽線實體的長度越長，而且沒有上影線，則屬於超強漲勢。若出現了比較長的上影線，則顯然漲勢較虛，對於空頭強力摜壓仍有不敵。

　　②**陰線**：收盤價在開盤價之下，表示空頭的賣壓氣氛較重，將價格向下打壓至較低的價格收盤，此種情形通常表示空頭的力量較大。同樣的，陰線本身的震盪幅度也要夠大，才有「長黑線」的意義（圖表1-11）。

　　③**十字線**：即開盤價與收盤價一樣的價位，表示多空雙方

圖表1-10　陽線圖

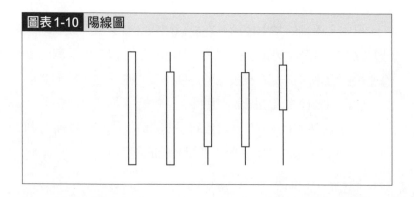

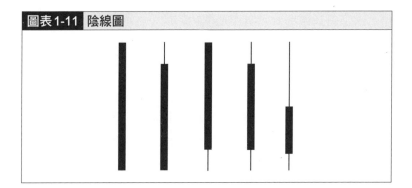

圖表1-11　陰線圖

幾乎勢均力敵。上影線愈長，代表賣壓愈重；反之下影線愈長，表示買力旺盛。上、下影線看似等長的十字線又可稱之為「轉機線」，視其位於高價圈或低價圈，可用來研判行情的轉折與否。在高價圈或低價圈出現此種多空相當的走勢，通常意味著反轉變盤的跡象（圖表1-12）。

④一字線：開盤價、最高價、最低價、收盤價同一價位。通常出現在跳空漲停或跳空跌停，表示極端的漲勢或跌勢。

⑤T字線（或倒T字線）：過去許多討論K線圖理論的書

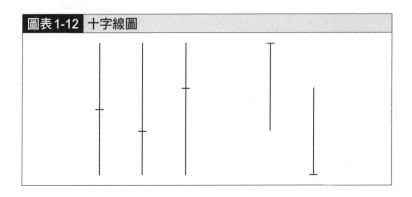

圖表1-12　十字線圖

籍，常常將實體部分，看作是積極的換手，而將上下影線視為震盪地帶。這是強加附會的論調。如圖表1-13所示，一根單純的K線中可能有好幾種情況，也可能蘊涵不同的意義、走勢（圖表1-13）。

⑥ **星線**：有些震盪幅度不大，小紅或小黑的K線稱為星線。一般星線通常無足輕重，有時卻也暗藏玄機。

日式K線圖雖然比直線圖表達的意義更多，仍有力所未逮的缺憾。比如一根帶著上、下影線的K線圖，走勢在一天之中是先拉高，或先殺低，對於次日走勢會有不同的影響。

基本上，單日K線的研判所能帶給投資人的重要意義，在於漲跌強弱的徵兆。如果能注意到大長紅、大長黑的K線這種市場內的「大動作」，其意義與徵兆通常意味著一個很好的進出場時機。畢竟，技術分析的精神不在K線的基本認識，而是操作上的研判與體會。

雖然，在圖形分析的各種討論中，談到有些行情可能會因

圖表1-13　K線可能蘊涵的走勢

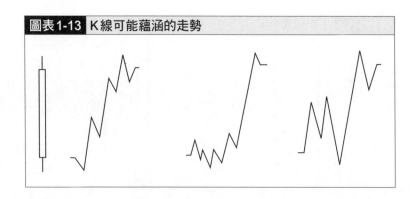

為一根大長紅而出現行情到頂、結束的情況。但是技術分析講究的是掌握機率，像外匯交易這種一日見頂的走勢，實際上並不多見（圖表1-14）。

有些技術分析專家注意到大長紅K線的意義，稱為「戰略K線」：即大長紅的K線出現之後，若往上突破的大長紅K線的最高點時，可以追高買進。

行情上出現大長紅，通常代表著主力有動作出現；不然就是所有投資人，不管是法人、大戶、散戶有一致的共識。既然主力、大戶有所動作，就應該不是虛晃一招，理應有後續動作；追高買進亦無不可。

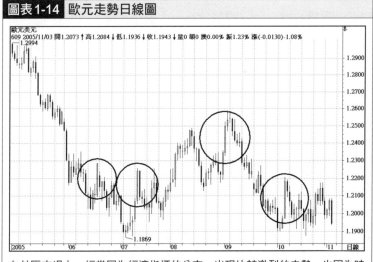

圖表1-14　歐元走勢日線圖

在外匯市場上，經常因為經濟指標的公布，出現比較激烈的走勢，也因為時差的關係，反應持續長達24小時。等到反應完畢，常常就出現轉向的走勢。這種一日見頂的走勢，早年在日圓的走勢上出現得非常頻繁。

　　所以，大長紅Ｋ線一旦出現，如果不是虛晃一招，就不應該跌破大長紅Ｋ線的底部。萬一跌破了，即可確認這根大長紅Ｋ線屬於當年日幣匯率一日見頂的歇斯底里；此時，投資人應有出場打算。

　　單日Ｋ線的進階定義：傳統的「Ｋ線理論」是一種概念表述，學習者必須深入研究，否則憑藉著傳統的觀念，無法精確研判圖形意義所在。

　　在《酒田戰法》當中，羅列了77招的操作觀念，但其論述或有語焉不詳，或有時空差異，許多觀點頗有疑義，因此相關的翻譯介紹多少都有增刪修訂，甚至提出自成一家的觀點，如：「戰略Ｋ線」、「趨勢Ｋ線」、「魔法Ｋ線」等。

　　事實上，Ｋ線研判之不足，主要在於成交量的搭配原則，沒有充足的說明與分析。Ｋ線研判如果要求精確，「**成交量、相對位置、形態**」三要件舉足輕重。

　　一根長紅Ｋ線，雖然表面上顯示整體買進的強烈氣勢，但在相對高檔、低檔出現時，有各自不同的意涵。高檔出現長紅，反而有拉高出貨的疑慮，多頭必須特別注意出場時機。反之，低檔出現長黑甚至大量，雖然代表空頭氣勢瀰漫，反而常是極佳的切入買進點。

　　有時候，一個窄幅震盪的小星線，成交量卻非常驚人，這也是必須特別注意的變盤點（圖表1-15）。

　　此外，遇到形態上的支撐與壓力關卡，Ｋ線的正面意義會更加凸顯，在支撐關卡上出現的多頭訊號，多少都有短線上的

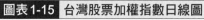

1999年1月16日出現1,265億元大量，但震盪幅度只有1.4%，次日跳空下殺持續探底。這種K線屬於大長紅之後的反轉星線，或稱「晨星棄嬰」。最低點5,422點上影線特別長，稱為「箭在弦上」，是止跌回升的訊號。

技術反彈行情。配合形態、成交量的參考，有時候就可以藉著一根K線，決斷大盤趨勢的轉向。反之，當一個具有明顯多頭氣勢的長紅，出現在反壓形態之下時，後續的推升力道就值得懷疑，必須特別戒慎警備。

　　形態、成交量在技術面上的重要性，遠高於K線理論與技術指標的表現。當一個形態有效的突破以後，短時間內K線的弱勢表現都是可以接受的走勢。

　　根據K線的進階觀念，可以將單日K線的形態，區分為震盪幅度較大的「大陽（陰）線」、「十字線」、「T字線」，與小紅小黑形成的「星線」。幅度不夠大的陽（陰）線，理論上

不構成趨勢的阻力時，不必在意其表現如何，順勢看待即可。

　　高檔出現震盪幅度特大的「Ｔ字線」，稱為「吊首線」，意思是在高檔處以絞刑，行情將反轉向下（圖表1-16）。低檔出現震盪激烈的「倒Ｔ字線」，稱為「箭在弦上」，表示行情箭在弦上，蓄勢待發。圖表1-15的最低點5,422點，震盪幅度頗大，可以視為十字線，因為上影線相對比較長，也可以視為「箭在弦上」，是低檔止跌回穩的訊號。

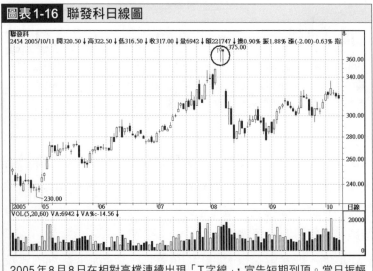

圖表1-16　聯發科日線圖

2005年8月8日在相對高檔連續出現「Ｔ字線」，宣告短期到頂。當日振幅4.8%，次日振幅5.4%，都是震盪激烈的走勢。從2月初的171元開始起漲，到375元，總共上漲了119%，屬於當時波段的主流類股。

2…雙日K線的判別

　　雙日K線的判別是基於單日K線判別的不足，需要加以補充說明——主力、大戶對大勢也許缺乏舉足輕重的控制力，但對單日或短期走勢的影響則游刃有餘。為避免研判受到主力、大戶作價、騙線的干擾，針對連續兩日以上的K線分析研判，也是必要的。

　　①**覆蓋線：**前一日為大陽線（大長紅K線），第二日卻為相當長的陰線覆蓋（圖表1-17）。此種形態表示短期反轉的可能。圖表1-21的6,916點即是標準案例。

　　②**迫切線：**昨日為大陽線，今日卻產生了小陰線，表示漲勢受到阻礙（圖表1-18）。

　　③**迫入線：**昨日為大陽線，今日卻產生小陰線，且收盤價比昨日低，表示漲勢受阻，有回檔下跌的可能（圖表1-19）。

　　④**切入線：**昨日為大陽線，今日卻出現了大陰線，且今日收盤價比昨日大陽線的一半還低。表示昨日的買方力道已盡，

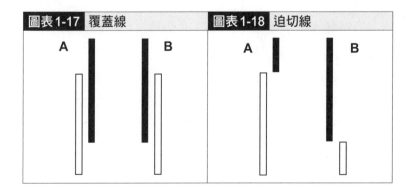

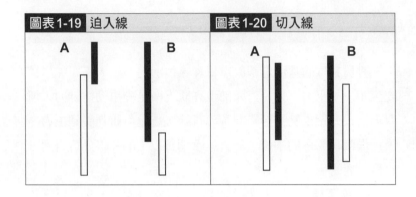

近日內價格將跌至大陽線的底部以下（單日反轉線為創新高後，當日收盤價低於前一日大陽線收盤價。圖表1-20）。

　　⑤**包入線（陰陽反轉）**：今日的大陽線或大陰線，完全吃掉了昨日的陰線或陽線，亦表示反轉情況的出現。圖表1-21當中的7,135點、6,916點都屬於標準的「陰陽反轉」（圖表1-22）。

　　⑥**懷抱線（母子孕育線）**：今日的K線，範圍縮至昨日大陽線或大陰線中，而且反向收黑或收紅，表示反轉的訊號出現（圖表1-23）。

　　⑦**迴轉線**：今日開盤價在昨日的陽線之中，走勢卻與昨日相反，反轉現象明顯（圖表1-24）。

　　⑧**反轉星線**：大陽線之後的出貨現象，當日跳空開高之後一路走低收盤，次日若不跳空上衝，則將形成大回檔，又稱「晨星棄嬰」（圖表1-25）。

　　⑨**相逢線**：今日走勢與昨日相反，但收盤極為接近（圖表1-26）。

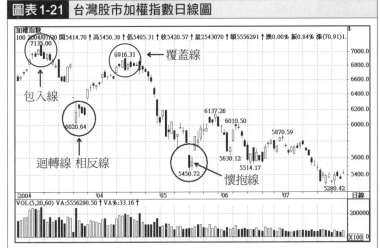

圖表1-21　台灣股市加權指數日線圖

2004年5月17日跳空開低走低，次日開高盤震盪收紅，出現懷抱線（母子孕育線），是短線止跌的訊息。次日跳空開高走高，形成「孤島反轉」走勢。稍早在6,020點所出現的雙日K線屬於「迴轉線」與「相反線」的綜合體，反轉的另一關鍵在低檔出現大量，醞釀出短期「孤島底部」的回升行情。

⑩**相反線**：類似相逢線，但分別以最高價與最低價收盤。相反線與相逢線均為主力短線來回操作的特有現象（圖表1-27）。

⑪**平行線**：今日的陽線延續前一日的陽線，表示買氣的延續（圖表1-28）。

雙日K線大致有以上的判別方法。圖表1-17至1-28中的A圖與B圖，分別表示漲、跌不同方向的情況。

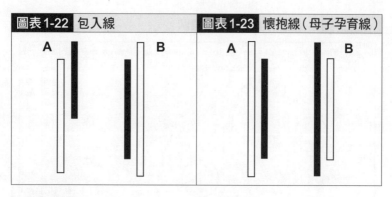

圖表1-22　包入線　　　　圖表1-23　懷抱線（母子孕育線）

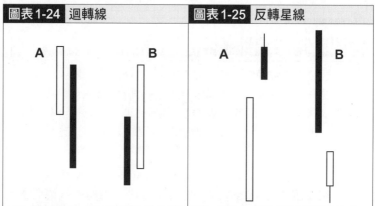

圖表1-24　迴轉線　　　　圖表1-25　反轉星線

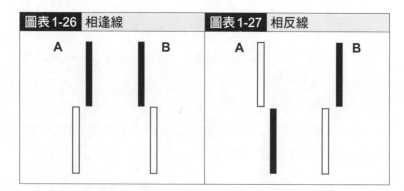

圖表1-26　相逢線　　　　圖表1-27　相反線

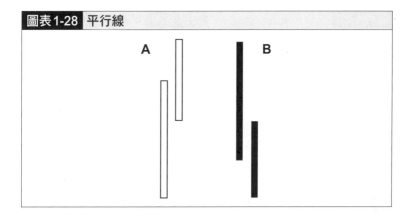

圖表1-28　平行線

3⋯多日K線的判別

　　①**三條同高形：**連續三日漲幅大致相同，此種形態過於公式化，出現機率不多。若連續三日皆為中或長紅，表示漲幅已大，會有獲利回吐的浮額出現，可考慮暫時賣出觀望，但非絕對。此種情形不同於連續漲停，盤中靠不斷換手將價格拉高。在籌碼仍多，可以不斷供應之下，最後總有賣盤大於買盤的情況出現（圖表1-29）。

　　此種形態有其變數。漲勢既成，加上強有力的環境因素，難說會有連拉五、六支長紅大陽線之可能。實際上，三面紅旗一出現，大可伺機等候回檔時機買進。

　　②**前長後短形：**第一日行情大漲，隨後出現漲勢減弱的現象。此種情形雖然在第二日或第三日仍以陽線收盤，表示跟進力量減少，不宜追高。若是行情往下跌破第一日的最低點，則宜退出觀望。

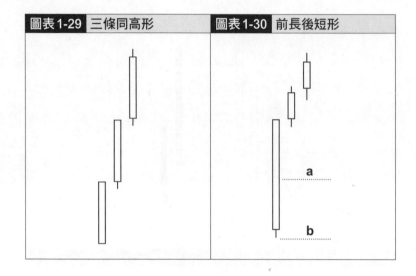

圖表1-29 三條同高形　　圖表1-30 前長後短形

若出現了圖表1-30的情形，在大長紅之後，若是出現連續
二、三日的小陰線，而且這二、三日的陰線殺盤動作無法向下
殺破大長紅的中價（a線）或者最低價（b線）時，提防主力的
誘空洗盤。待形成軋空的條件時，後市可能將有大幅度之上
揚。

基本上，大長紅K線一旦出現，不能不注意可能是主力、
大戶的強力動作；此時連續二、三日的小紅、小陰線可能是洗
盤動作，為了嚇跑一些信心不足的浮額，讓日後的拉抬動作順
利進行。

③**前短後長形：**第三日出現大長紅，擺脫前兩日小幅度行
情的局面。此種情形大多屬於空頭回補，投資人此時趨於一致
看上（圖表1-31）。

一個能夠創造短期新高的盤面，事實上並不適合放空。但

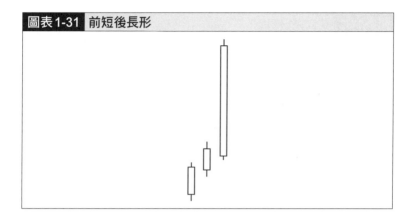

圖表1-31　前短後長形

投資人的心理是，低檔時雖然想買進，卻錯過了低價買進的機會而捨不得追價買進；此時，就會有逢高放空的念頭出現。尤其是連續的小紅線會讓人有著盤勢上漲無力的感覺，而進行放空。等到發覺勢頭不對，已經來不及了。這種局面在空頭的強力回補下，就形成了此種前短後長形的走勢（圖表1-32）。

④**階梯上升形：**連續數日出現頗長之上影線與下影線，表示低價有人承接買進，但在高價時亦有多人賣出，行情呈現膠著掙扎的狀況。此種形態常出現在頭部或底部（圖表1-33）。在行情漲升已久而出現此形時，應為賣出訊號（圖表1-34）；若是行情下跌已久，則可考慮買進。

⑤**上升待變形：**此種圖形的特點，在於第三日的小幅回跌，與階梯上升形同樣顯示買氣轉弱、退卻。若第四日收盤價能夠站穩在第二日最高價之上，應可追高買進。基本上，在長紅K線的右上方，如果只出現小黑星K線，應視為洗盤動作。小黑星之後的行情，如果能夠站穩在第二日最高價之上，表示

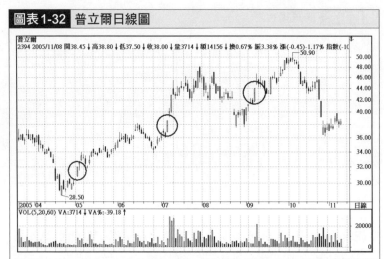

圖表1-32　普立爾日線圖

2005年5月4日以長紅走勢擺脫前兩日窄幅盤整的格局，同時擺脫低檔盤整的格局，這種「前短後長形」是重要的買進訊息。7月6日突破前波高點，前兩天的走勢雖然並不強勁，但在面臨前波高點有短線賣壓的情況下，先行壓回洗盤可以吸引更多的空頭；此種走勢比較接近「上升抵抗形」，也屬於追價的買進點。

洗盤動作有完成的跡象（圖表1-35）。

⑥ **緩步上升形**：第一日長紅之後，第二日以後的行情則以小紅收市，續以長紅突破（圖表1-36）。此時代表空頭力量暫時退出（圖表1-34）。如果第二日以小黑星出現，仍應視為緩步上升形的走勢。也可視為洗盤動作結束的象徵。

⑦ **上升抵抗形**：類似緩步上升形，唯第四日以小黑線出現，表示經過洗盤、誘空，由於帶有軋空味道，後續將有強勁力道的長紅出現。高檔整理的形態，基本上仍有創新高的能

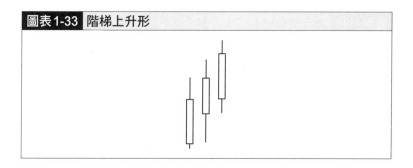

圖表1-33　階梯上升形

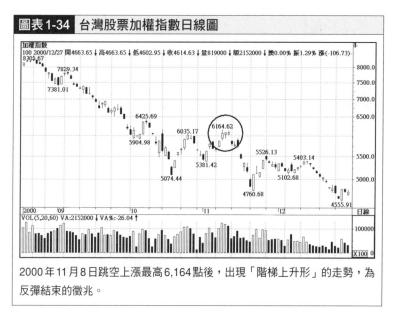

圖表1-34　台灣股票加權指數日線圖

2000年11月8日跳空上漲最高6,164點後，出現「階梯上升形」的走勢，為反彈結束的徵兆。

力。小紅、小黑的K線非常容易引誘空頭栽了進去。一旦長紅出現，勢必逼使空頭回補。這種走勢也稱為「行進三法」，但比較標準的「行進三法」，則是長紅出現後，以二、三天的小紅或小黑進行洗盤，然後再以一根長紅強勢向上拉出（圖表1-

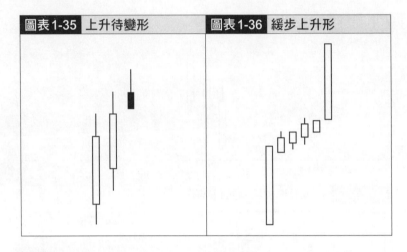

圖表1-35　上升待變形

圖表1-36　緩步上升形

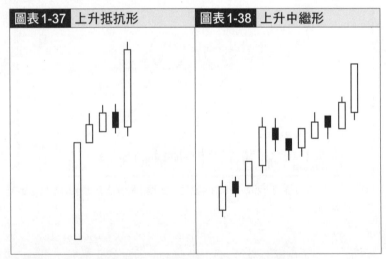

圖表1-37　上升抵抗形

圖表1-38　上升中繼形

37、1-39）。

　　⑧上升中繼形：在多根的紅線中，夾雜小黑線的回檔整理，再往上拉出紅線，將價格緩步往上推動。特點為黑線最低

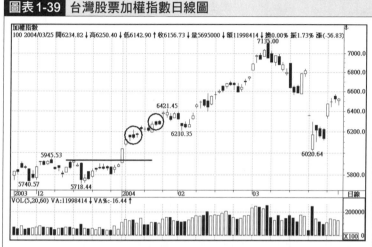

圖表1-39 台灣股票加權指數日線圖

2000年1月以突破跳空擺脫盤整區後，連續出現了「上升抵抗形」（行進三法），這種走勢看似推升無力，卻是最健康的多頭走勢。基本上，只要有能力創新高，在趨勢上不要輕言轉向。

價均未跌破前面兩日紅線的收盤價格，且黑線的當日行情上下幅度不大。此形常出現在多頭市場中，缺乏強大主力支持的股票，其態勢僅為隨大勢上漲，本身並無實質利多（圖表1-38）。

⑨**跳空上升形**：盤檔情形發生時，多為主力作手開始重新考慮漲跌方向的準備（收集與派發，或吃貨與出貨）。跳空上升出現在盤檔的突破，此時通常是有了突發性的利多消息，或是主力作手擁有足夠的基本籌碼，欲將股價拉高之時。此時應以市價追買（圖表1-40）。

以上為K線的基本判別方法。一根K線也許代表風雲詭

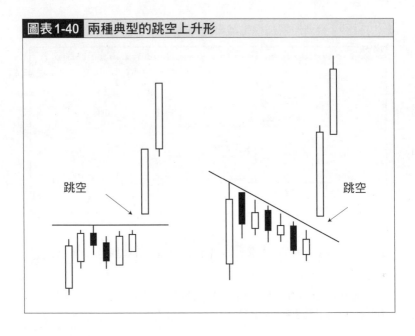

圖表1-40　兩種典型的跳空上升形

諞、激烈震盪的反轉盤勢。而數日平緩的盤旋K線，也可能隱藏著盛極而衰的峰迴路轉態勢。

　　技術分析的精神在於強調「歷史的一再重演」，從過去的歷史圖形，歸納出「歷史重演」的必要因素及理由。因此，投資人除了根據上述判別方法進行理解之外，仍須進一步的印證。所有的真理，都必須經過驗證。投資人在進行投資之前，務必將該種投資商品，過去的日、周、月線圖詳加判讀。不同商品具備不同特性，也會有不同的圖形特質。如此一來，投資人方可確切掌握較高的勝算機率。

附記

　　早年的技術分析軟體功能不強，因此自己繪製圖表會有深入體會行情的功能。但現在的軟體可以提供非常豐富的操作功能，像是將符合特定條件的K線標示出來，以檢驗該種K線形態的獲勝比率與價值，做為日後操作的參考依據。

3 ●「跳空」缺口

　　在一個穩定、正常的市場狀況下，當天的走勢應當是銜接著前一天的收盤價來開盤。亦即，當天如果在開盤時，是以開平盤的情形出現，應該是昨日行情的延續；而且表示外在環境並沒有任何的變化。

　　然而，在前一日收盤之後到今天開盤之前，外在環境也許出現了突發的狀況，使得本來相當穩定的行情產生了變化。一時之間，使得買賣雙方形成了供需極度不平衡的局面。因此當開盤時，便形成了一面倒的氣勢，買賣單的委託數量無法相比，而以較高或較低的盤面開出。開盤價可能遠遠的開在昨日的最高價之外（或最低價之外）。此種情形，將在圖表上出現類似缺口的圖形，稱之為「跳空」，或「跳空缺口」。

　　如1989年9月24日時，財政部於當天收盤後，宣布徵收證

券交易所得稅。導致連續假期之後，一開盤就形成所有個股跳空開低走低的情況。以加權指數來說，更出現了十數根的跳空下跌的K線。

跳空的種類大致可分為：普通跳空、突破跳空、逃逸跳空與竭盡跳空。

1···普通跳空

普通跳空（Commond Gaps）是指，在一般的市場交易中，由於受到營業時間的限制，在休市的時差中，因應短期供需失去平衡，或因突發性的謠傳、消息，造成此種跳空。普通跳空，通常在短時間之內會有立即的「補空」（Fill Gap）（圖表1-41）。

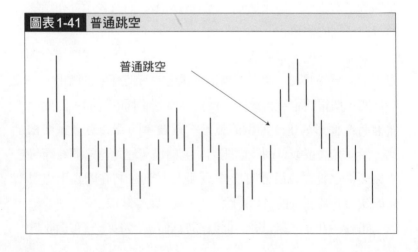

圖表1-41　普通跳空

普通跳空

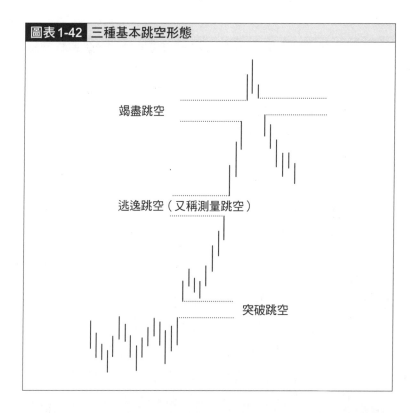

圖表1-42　三種基本跳空形態

竭盡跳空

逃逸跳空（又稱測量跳空）

突破跳空

2⋯突破跳空

　　突破跳空（Break Gaps）較常出現在多空交戰激烈，呈現拉鋸的狀況；比如在三角形或頭肩形的走勢中。通常，在此種情形下的跳空，獲勝的一方不是一路軋空上漲，就是一路殺多下挫。突破跳空的走勢一出現，勢必對不利的一方加速趕盡殺絕，不一定會回補，甚至要經過一段較長時間，才會回頭來補這個缺口。

3…逃逸跳空

　　逃逸跳空（Runaway Gaps）出現在一段短時間的急促上漲行情之後。通常此一波段上漲，是因為剛突破脫離底部的盤整，急漲之後，僅作小幅度的獲利回吐動作。空頭眼見行情跌不下來，紛紛不計價格認賠回補，再度形成飆升的缺口。此種跳空，又稱為**測量跳空**（Measuring Gaps）。後續漲勢的幅度約等於跳空前的飆漲幅度。

　　許多人認為跳空一定會補空，這是「似是而非」的論調。以實際面而言，在行情的漲跌起伏之中，時間一久自然就會補空，但也非百分百。所以，所謂跳空缺口一定會回補的觀點，常常會誤導投資人，出現逆向操作的陷阱，不可不防。

　　有時，跳空是受到了漲、跌停板的限制（如台灣股市中，過去有3%、5%，現在有7%的限制）。此時，其意義便要重新考量。主要原因在於漲、跌停板幅度若是過小，再加上籌碼稀少，大戶作手便很容易藉著鎖定籌碼，造成供需不平衡的假象，輕而易舉的操縱行情。

4…竭盡跳空

　　竭盡跳空（Exhaustion Gaps）是在一大段飆漲行情中，出現的最後一個跳空缺口。此時行情毫無理性的狂飆，使得大多數的多頭喪失了理智，在越衝越高的行情中一路的追高價，不擇手段搶進，導致跳空開盤的超強態勢。這種跳空出現時，空

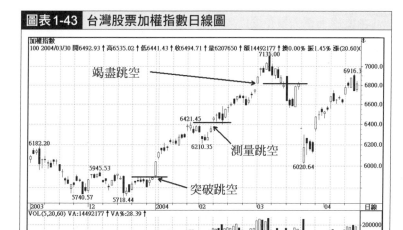

圖表1-43 台灣股票加權指數日線圖

在2004年1月2日開紅盤的時候，以突破跳空，直接跳過近期5,900點的壓力。第二次的測量跳空出現在2月9日，越過6,421點的高點反壓。第三次的竭盡跳空在3月1日。以測量跳空估算目標區，則大約落在7,124附近，與實際高點7,135點非常接近。目標測量：6,421 +（6,421 - 5,718）= 7,124。

頭更是保留最大的實力，以等待反轉訊號的出現，伺機放空。

投機性較大的商品常常會在「竭盡跳空」出現後，也以跳空的方式下殺，出現所謂的「孤島反轉」。圖表1-43在319槍擊案後，最低點6,020點就是一個「孤島反轉」的底部。

5…缺口的支撐、壓力作用

由於跳空是個強勢的動作表現，所以跳空缺口的上下緣，經常是非常重要的關卡，會具有比較強勢意義的支撐或壓力作

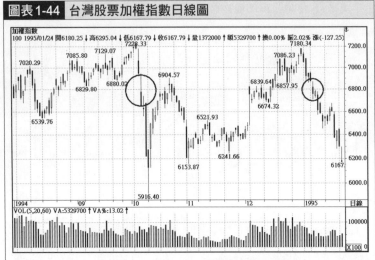

圖表1-44　台灣股票加權指數日線圖

1994年10月初，以跳空下挫方式，正式向最高點7,228點告別，甚至跌破上升三角楔形的支撐線。此種形態，基本上構成中期反轉的跡象。之後在7,180點也以突破跳空下殺的走勢結束反彈。

用。尤其是「突破跳空」所造成的缺口，在圖表、形態上的意義重大（圖表1-44）。

　　因此，在形態理論的運用上，缺口的攻防戰是個值得深入研究的課題，常常可以藉此掌握到第一時間的決策點。

4・五種反轉形態

　　對於在圖表形態上，如何掌握反轉跡象，是技術分析研究

的重點所在。前文K線理論的重點，大都在描述各種K線組合代表的意義與詮釋；至於行情反轉的條件，則較為缺乏。

　　歐美技術分析專家對於反轉圖形的闡釋與歸納，相當簡單扼要。然而這種思考歸納的研究程序，卻是所有學習技術分析的人必須具備的涵養。反轉圖形的分析，大致介紹如下：

　　① **島形反轉：**或稱「孤島反轉」。以頭部的反轉線形而言，價格跳空創新高之後，次日又跳空開低，形成了一根孤單的K線留在高檔（圖表1-45）。

　　在圖形理論上，跳空有其重要意義。既然跳空而上，理論上是個超強的上漲氣勢；然而次日卻又跳空而下，在低檔開盤與收盤。此種線形，實屬必殺之盤。

　　② **跳空反轉：**行情價格首先於高檔區域震盪盤旋，甚至創

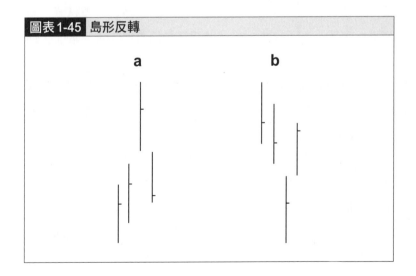

圖表1-45　島形反轉

圖表1-46　跳空反轉

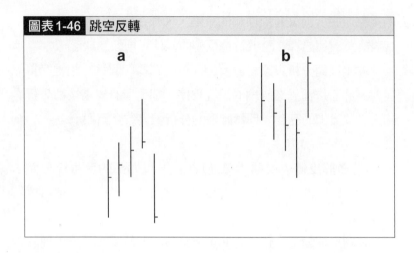

下短期新高，突然之間跳空開低走低，使得頭部形成確定（圖表1-46）。

③**三日最低（高）價反轉：**行情價格在高價區盤旋，突然某日的收盤價低於前三日之最低價，即為反轉之警告訊號。視股票、商品的不同特性，亦有以四日最低價做為研判基準（圖表1-47、1-48、1-49類似新三值線之反轉）。

④**三日收盤價反轉：**研判基準由跌破前三日最低價，改為跌破前三日收盤價。亦為反轉之警告訊號。這種反轉標準的雜訊出現機率較高，必須針對圖形形態加以修正（圖表1-50）。

⑤**當日反轉：**亦稱「單日反轉」。在連續創新高的上漲趨勢中，某日仍然續創新高（或許是跳空開高走高），因後勁不足而在最低價附近收盤；雖然創下新高，但反而收盤價比前一日的收盤價為低，留下了極長之上影線，此即為單日反轉的訊號（圖表1-51、1-52）。

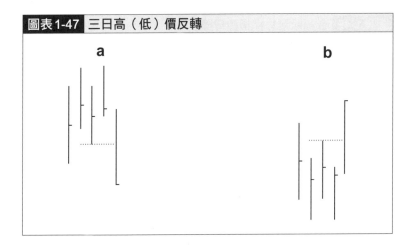

圖表1-47　三日高（低）價反轉

a

b

圖表1-48　台灣股票加權指數日線圖

加權指數在6,401點、6,481點、6,171點都出現一路推升的走勢，突然跳空
下殺的「跳空反轉」。這個電腦圖例利用軟體編輯功能，將符合跳空反轉的
賣出訊號以▼標示，買進訊號以▲標示。

圖表1-49　台灣股票加權指數日線圖

將跌破前三日最低價的訊號以▼標示，買進訊號以▲標示。就過去績效而言，這種交易決策的買賣訊號，最近三年的操作績效（2002年9月到2005年9月），比起其他技術指標高出很多。搭配「跳空反轉」與「當日反轉」，獲利績效高出其他技術指標一倍以上。

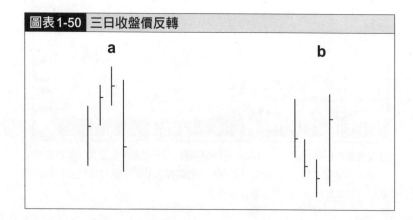

圖表1-50　三日收盤價反轉

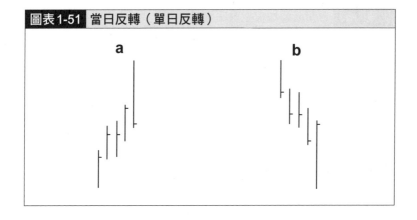

圖表1-51　當日反轉（單日反轉）

　　此種頭部的單日反轉訊號，在線形上出現明顯拉高與出貨動作。上影線越長，就理論來說，已經構成了大反轉的訊號。

　　可以看出，技術分析專家在歸納反轉的重要條件時，所考慮的因素。比如說，跌破三日來的收盤價是不是足以構成反轉？如果不足以構成反轉，那麼是不是以跌破四日來的收盤價才構成反轉？而如果三日或四日收盤價的跌破足以構成反轉時，其效果、勝算比率又是如何？這種反覆推敲的思考方式是所有投資人在研究或操作時，均應具有的精神。

　　不管是K線理論或反轉圖形形態理論，使用上切莫囫圇吞棗、死記原則而不加以變通，把簡單的投資交易弄得過於複雜，甚至因此猶疑不決。以結果來講，多學無用的花招，倒不如幾招實用而容易研判的技巧，投資者不妨加以過濾精簡。理論經過驗證，才有其存在與使用的價值。

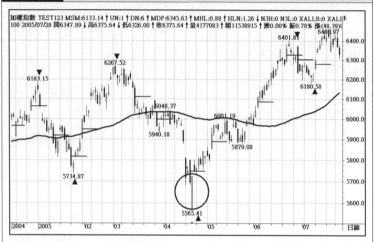

圖表1-52　台灣股票加權指數日線圖

2005年4月21日，大盤在續創新低的走勢中，以較大幅度跳空開低，直接上攻拉長紅，收盤高於前一天的收盤價，此即標準的「單日反轉」訊號。此圖綜合「三日高低價反轉」、「跳空反轉」兩個訊號。同時針對長紅、長黑走勢，在中價以水平線當作強弱的參考。

附記

　　台股早年的頭部、底部反轉，經常以「當日反轉」的線形出現，近年來股票家數大增，規模優劣參差不齊，同步漲跌的情況已不多見。往年動輒4%、5%的震盪幅度很難再現，因此震盪幅度的標準要有所修正。

　　依照作者多年的教學經驗，甚多人忽視此種訊號代表的意義。所謂的「當日反轉」雖未強調上下影線的長度，但使用者應該考慮上下影線長度對於走勢的影響。頭部的反轉，上影線越長，則後市反轉下挫的可能性越大。以圖

表1-52的5,565點的當日反轉來說，反彈超過800點。

　　當然，上下影線不是很長的情況下，對後市的意義就沒有這麼強烈。使用者要歸納出一個運用標準，方能在市場上致勝。

5●趨勢線理論

　　K線圖與直線圖是股票或商品價格技術分析上最基本的研判工具，也是價格變化上最簡單的表示方法。圖表1-53即表示了一段時間內行情的變化起伏。

　　這些行情的變化起伏，構成了研判分析漲跌的題材，即所謂「**圖形分析**」（Chart Analysis，或稱「**形態分析**」）的分析基礎。實際上，投資人如果對於圖表能有較清晰的掌握，就很容易可以了解、意識到行情價格的發展，有其趨勢上的延續性，轉向也有必要的條件。

　　圖形分析始於近百年前，查理士‧道（Charles Dow）經常在報章雜誌發表股市的分析觀點，技術分析才真正開始有了充實的內容與起步。道氏當年所開創的技術分析觀點，後人總稱為「**道氏理論**」。

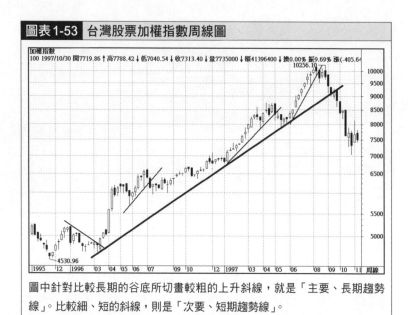

圖表1-53　台灣股票加權指數周線圖

圖中針對比較長期的谷底所切畫較粗的上升斜線，就是「主要、長期趨勢線」。比較細、短的斜線，則是「次要、短期趨勢線」。

附記

　　「道氏理論」針對綜合股價指數提出一個重要觀念，在一個多頭的趨勢當中，各主要類股的指數推升必須同步，若出現背離現象，很可能就是大趨勢的逆轉。

　　道氏在1900年代於《華爾街日報》發表一系列評論，後經漢彌爾頓（William Peter Hamilton）加以整理，1932年瑞亞（Robert Rhea）正式出版《道氏理論》一書。

　　道氏在技術分析理論中的貢獻，除了首創道瓊平均指數，用以表現、分析整體的股價走勢水準之外，最重要的是提出**「趨勢線」**與**「支撐與壓力互換原則」**的技術理論。

　　「**趨勢線**」（Trendline）是圖形分析最基本的技巧。所謂的趨勢線，就是在圖形上每一波浪頂部最明顯高點間的直切線；或是每一谷底最明顯低點間的直切線。

　　當一條趨勢線，在時間上涵蓋長達數月之久，可以稱之為「**主要趨勢線**」（Major Trendline）或稱為「**長期趨勢線**」。較短時間的趨勢線，則稱之為「**次要趨勢線**」（Minor Trendline）或「**短期趨勢線**」。

　　趨勢線在性質上可分為「**支撐線**」（Support Line）與「**壓力線**」（Resistence Line）。

　　支撐線，是在圖形上每一谷底最低點間，向上切劃的直切線。意即價位在此線附近具有較高的買進意願（圖表1-54A）。

　　壓力線，則是圖形上每一波浪頂部最高點間，向下切劃的直切線。意即價位在此線附近具有較高的賣出意願（圖表1-54B）。

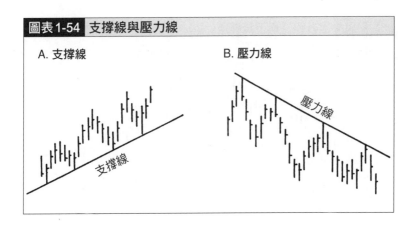

圖表1-54　支撐線與壓力線

A. 支撐線　　　　B. 壓力線

支撐線　　　　壓力線

　　假如趨勢線是向上爬升者，稱之為「牛市」（Bullish），下跌者稱之為「熊市」（Bearish）。牛市與熊市是歐美慣用的術語，意即國內股市上「多頭市場」與「空頭市場」的稱呼。

　　在兩條平行的壓力線與支撐線之間所形成的範圍，可稱為「軌道」（Chanel），亦可分為「上升軌道」（上升趨勢）與「下降軌道」（下降趨勢），如圖表1-55。幾乎所有的圖形分析與詮釋觀念，均離不開趨勢線的概念與原則。

　　趨勢線的向上突破，或向下跌破，通常代表著行情的趨勢開始轉向；也意味著這個突破點，是個買進、賣出的重要訊號。

　　當價位觸及趨勢線附近，此時即為交易者進行交易的良好時機與訊號。當價位向下跌破支撐線時，隨即賣出，同時反向操作「空頭」（SHORT放空）。同樣的，當價位向上突破壓力線時，即應結束做空的部位，同時反頭做多買進（圖表1-56）。

　　在國內股市過去的觀點，認為壓力線的突破，或支撐線的

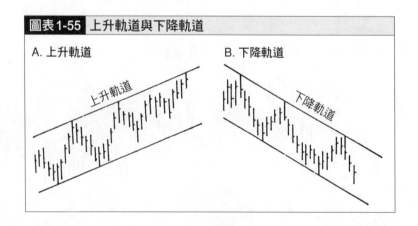

圖表1-55　上升軌道與下降軌道

A. 上升軌道　　　　上升軌道

B. 下降軌道　　　　下降軌道

跌破，必須有2%或3%以上的幅度，否則容易受到假突破的誘騙，即所謂的騙線。這種觀點可能矯枉過正，等到2%、3%的突破，通常會讓投資人捨不得買進或賣出。此種防範措施可以運用其他技巧來取代，比如觀察是否帶著巨額成交量突破趨勢線。

這個交易原則可以應用到其他圖形變化。圖表1-57顯示了壓力線與支撐線的水平價位線，可以稱為「關卡價」，常常發生在整數價位，比如百元價位或千點大關。

通常突破了這種水平關卡的壓力線之後，即為買進訊號。此時原先的壓力線，反而成為了未來行情上的支撐線。如圖表1-58。當行情突破A點時是個買進訊號，當行情又回檔到B點時也是個買進訊號。圖表1-59的A點也仍然是個相當好的突破買進點。

當行情價格跌破了支撐線之後，即為賣出訊號。此時原先

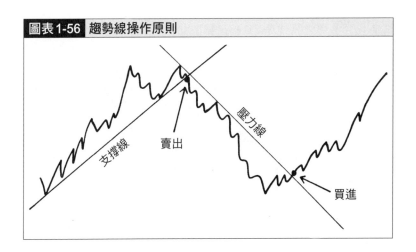

圖表1-56　趨勢線操作原則

支撐線　賣出　壓力線　買進

的支撐線，反而成為未來行情的壓力線（圖表1-60、1-61）。

　　這種支撐與壓力的觀念，是道氏理論中的重要觀點。每一道支撐或壓力線，可以用樓房中的地板，或者天花板來形容。當行情價格由下往上突破之後，情形正如有人從一樓走上了二

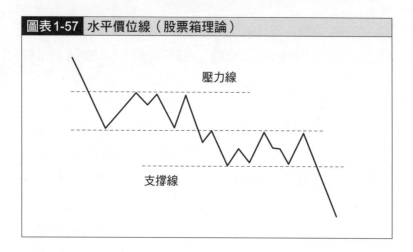

圖表1-57　水平價位線（股票箱理論）

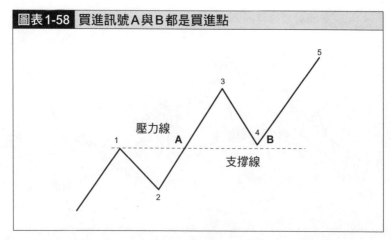

圖表1-58　買進訊號Ａ與Ｂ都是買進點

樓。本來具有壓力作用的一樓天花板此時成了二樓的地板，此
時反具有了支撐的作用與效果。而假設在一樓的價位套住了較
多數的空頭，一般而言，行情價格絕不會讓一樓的空頭有所解
套的機會。此時二樓地板的支撐作用，就具有相當重大的意義。

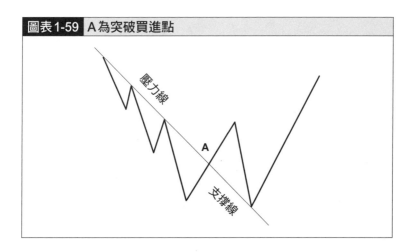

圖表1-59 A為突破買進點

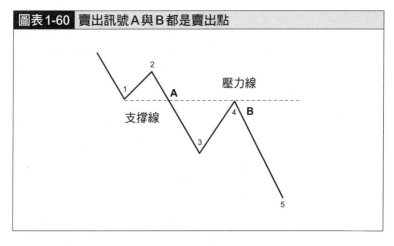

圖表1-60 賣出訊號A與B都是賣出點

圖表1-61 A為跌破賣出點

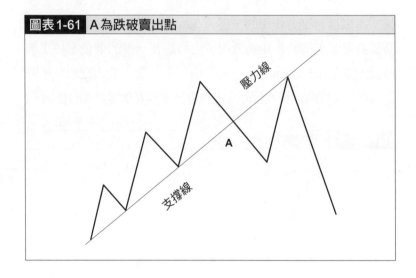

　　股票箱理論，即脫胎自道氏的支撐與壓力觀點，當股價從一個箱形的盤整，翻上了另一層價位時，即會在另一個股票箱間游走。如圖表1-57所示。

　　至於過去國內曾有所謂的X線理論，即採用了道氏的部分觀點，如圖表1-59與圖表1-61中的切線方式。然而X線理論並非十分正確，牽強附會的成分較高，切割得不好，反而形成天羅地網線，在實際的運用上要仔細考慮。

附記

　　基本上趨勢線的切割應力求簡單。最好的做法，應該是遵照著波浪理論的原則，在第二浪與第四浪的低點切割，如此才有意義。有些人去掉了K線上下影線，而以K

線實體的高低點來切割，此亦矯枉過正；畢竟，在一張長期的大圖表上進行切畫，不論是否對數圖表，都難免會有誤差，未能求得正確的切割意義。其次，在一個向上的趨勢中，繪製向上的壓力線，意義並不大；最多僅在尋求可能的反壓、賣出點，如此一來，卻又失去順勢操作的原則。

　　所謂的長期趨勢線、短期趨勢線有沒有操作上的效用存在？趨勢線用來解說行情的趨勢、方向，清晰而且實際有用；但是用在操作的研判上，必須事先確認這條趨勢線正確無誤。假如無法在事前確認趨勢線（上升或下降）的效用，東畫西畫，不如不畫。

　　就趨勢線理論而言，只有「支撐與壓力互換原則」放諸四海皆準。

6●圖形形態理論

　　圖形的分析，除了趨勢線的理論之外，尚有圖形形態的各種研判方法。人類對於外界的事物，為求日後的便利總會加以分類歸納。一張圖表，在技術研究的範疇下，自然而然也會出現各種圖形上的特徵。這些圖形上的特徵，也許對於日後的走勢，產生或多或少的影響。

　　技術分析專家將這些圖形加以歸納整理，目的在於了解圖形結構對未來行情的影響程度。正如軍事家使用兵圖一樣，從研判敵情開始，反覆推演，擬訂正確的戰術計畫以利執行。

　　經過專家的分析歸納，圖形形態大致可分為「**頭肩頂（底）**」、「**雙頭（底）**」、「**箱形走勢**」、「**圓弧形走勢**」、「**三角旗形**」等形態。然而研判分析的基礎仍然不脫前述的反轉圖形訊號、趨勢線理論。所謂的頭肩頂、雙頭的成立，都必須跌破重要的支撐線。

1…頭肩頂（底）

　　如圖表1-62。這是經常出現的圖形走勢，包括一個尖銳的頭部，以及左肩、右肩。

　　左肩出現在一個較長時間、大幅度的上漲（或下跌）行情的尾聲（如圖表1-62中由A至B的走勢）。此時通常具有相當大的成交量，然後行情到頂（圖中B點）後下跌。

　　當價位下跌至某一水準，成交量開始萎縮，出現惜售的情形，行情跌勢趨緩（由B點至C點）。緊接出現了買盤，開始向上回漲（由C點至D點）。

　　頭部即出現在回漲時，股價繼續爬升，甚至越過左肩高點（B點），成交量隨之增加，但是仍然不及左肩。表示市場買進追高的意願不如左肩。因而股價再次見頂滑落，甚至跌破左肩高點，直到前次回檔的點（C點）附近，才停頓下來，再次回升（E點大都高於C點，偶爾也會低於C點）。

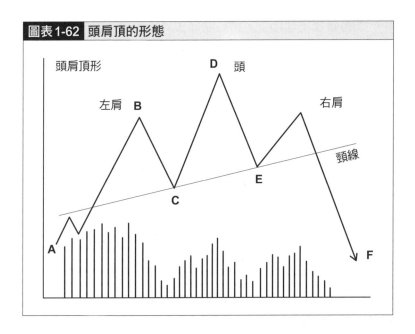

圖表1-62　頭肩頂的形態

此時價位跌破左肩高點（B點）時，可以視為一個嚴重的警告訊號。此種狀況，即違反了道氏理論中的支撐線、壓力線原則。左肩之高點原來為主要之壓力，既然能再度突破並創新高，理論上左肩的壓力此時應轉為重要支撐線，卻無法表現出應有的支撐作用，顯示多頭的無力感。雖然此時仍然在左肩頸部（C點）附近獲得支撐，但在量價背離的情況下，縱使反彈也應注意可能出現反轉。右肩形成於此段反彈回升的過程（由E點至F點），成交量比起左肩、頭部均明顯減少；價位上的高點（F點）也無法超越頭部（D點）。

當右肩高點形成，價格不支下滑，跌破頸線時（即C點與E點連線的直切線），頭肩頂的形態即告形成。

　　測量目標。理論上，價位跌破頭肩頂頸線之後，有所謂的「測量目標」，其下跌的幅度通常會相當於頭部頂點（D點）至頸線的距離（圖表1-63）。

　　突破拉回。價格跌破頸線後，出現假性回漲的反彈動作，稱為「突破拉回」（或「跌破拉回」），此時反彈回漲的高點，一般來講不會高於頸線（圖表1-64）。此時頸線壓力應該有實質上的反壓效果，是利用反彈逃命的最佳時機。但這種「跌破拉回」的走勢常常非常凶悍，股市老手也常栽在這種強力反彈的走勢（圖表1-65）。

　　頭肩頂（底）雖是常見形態，也可能以不同形狀出現，像是複合式的頭肩頂（底）。有時候會出現頭部成交量大於左、右肩，甚至左肩比右肩高。在不同的時空環境下，當然不會出現完全標準的線路圖形，在運用上不妨多加體會。

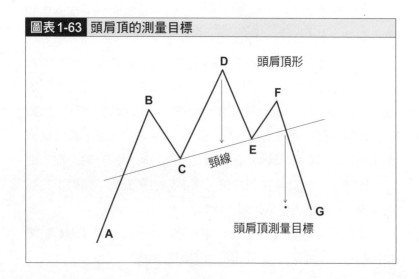

圖表1-63　頭肩頂的測量目標

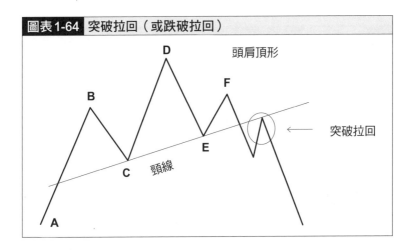

圖表1-64 突破拉回（或跌破拉回）

頭肩頂形

突破拉回

頸線

圖表1-65 跌破拉回的經典案例

加權指數在1990年見到歷史高點12,682點以後，反覆下殺跌破大頸線關卡7,887點，續殺到5,822點的時候，以強勢急拉的走勢挑戰反壓關卡，最高點8,007點漲幅37.5%，甚至突破了反壓關卡7,887點，這種剽悍的走勢，讓絕大多數投資人疏忽了關卡壓力的存在。

2…雙頭（底）

　　雙頭（底）也是常見圖形，即所謂的M頭或W底。

　　雙頭（底）圖形較少出現在長期趨勢中，較常發生在短期走勢重要關卡的壓力線或支撐線上。此種圖形要在價格兩次到頂滑落，跌破頸線時，所謂「雙頭」方告成立（圖表1-66）。

圖表1-66　雙底的測量目標

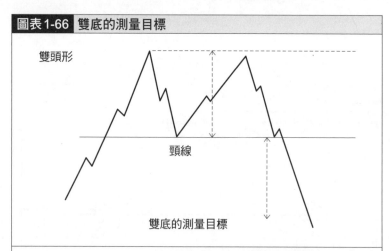

雙頭形

頸線

雙底的測量目標

依照編著者的經驗，雙頭、雙底的理論可說似是而非，取樣有其偏差與瑕疵。在進行中的上漲行情，有可能回檔之後，再度往上衝刺。然而，往上衝刺的例子已經不屬於雙頭的取樣；那些沒有往上衝刺的走勢，卻都歸類到雙頭的形態中，當然具有極高的說服力。

此外，在雙頭形態中，行情價格跌破了頸線之後，是不是會到達測量目標的說法，在波浪理論中的調整浪形態中，亦受到了挑戰。像圖表1-67的走勢，是一個破頭又穿底的不規則平緩形調整形態，如果以雙頭理論來操作，必然損失慘重。

　　許多人喜歡在頸線尚未跌破之前，臆測M頭、W底（或頭肩頂〔底〕）的出現。這是妄加論斷，畢竟在頸線尚未跌破前，看似M頭的圖形，有可能一扭轉下成為W底的圖形（圖表1-67）。

　　價格跌破頸線之後，其跌幅目標的計算與頭肩頂一樣（圖表1-66）。三尊頭（底）的性質介於頭肩頂與雙頭形態之間。

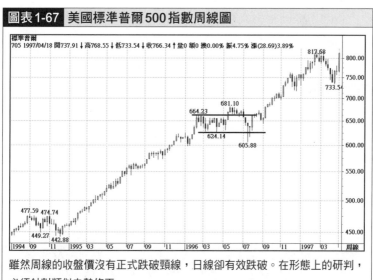

圖表1-67　美國標準普爾500指數周線圖

雖然周線的收盤價沒有正式跌破頸線，日線卻有效跌破。在形態上的研判，必須針對類似走勢修正。

3…箱形走勢

　　極為普遍的形態，價格在固定的上下限之內移動，較常發生在低價圈。由於行情價格處於當時的相對低價，因而誘使投資人具有買進的意願，所以形成了來回的盤整區間。此時，如果價格向上突破壓力線時，由於已構築相當厚實的底部，一般的情況會有相當大的漲幅（圖表1-68、1-69）。

　　若向下跌破水平支撐線，由於形成多頭的套牢區，亦應有極大的跌幅（圖表1-70）。

圖表1-68　箱形走勢

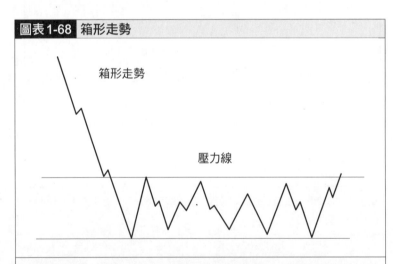

按照順勢操作的原則，此種箱形走勢應該視為中段整理形態。依照編著者的經驗，急殺之下，如果出現弱勢的反彈盤整，應有繼續的急殺動作。以機率言，行情很少是一段急殺（或急拉）後就完全結束，十之八九會有後續動作。

4···圓弧形走勢

　　經過重大的行情變動之後（急漲或急跌），價位會在供需之間產生較緩慢、穩定的走勢，形成上（下）圓弧形走勢。這種走勢常發生在高價圈或低價圈，也意味著一波新的行情即將開始（圖表1-71）。

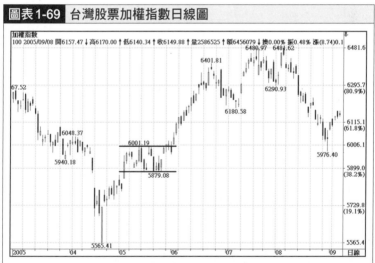

圖表1-69　台灣股票加權指數日線圖

假如「箱形走勢」是出現在第一波急漲的走勢後，可以視為中段整理形態。2000年5月，加權指數從5,565點向上急拉後在6,000點附近形成了「箱形走勢」，依照「低檔急拉，高檔橫盤，仍有急拉」的原則，突破後仍有相當大的推升空間。

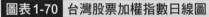

圖表1-70　台灣股票加權指數日線圖

如果「箱形走勢」出現在連續跌勢以後，低檔抵抗的力道浮現，此時就必須注意是否突破盤整區反壓。加權指數幾個重要的底部，都是以這樣的走勢進行打底再反轉向上。如2004年的5,255點，911事件當時的3,411點，甚至1996年飛彈危機時的4,530點。

圖表1-71　上、下圓弧形走勢

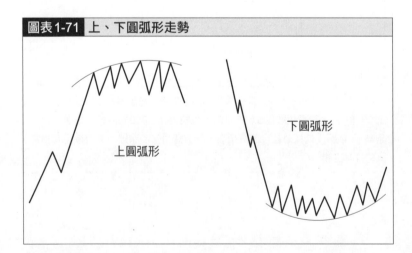

5···三角旗形

　　價位的震盪幅度愈縮愈小。多空雙方從大幅度的來回衝殺，轉趨短兵相接。正三角旗形表示多空雙方勢均力敵，價位有可能向上也可能向下突破（圖表1-72）。

　　假若買方力量大於賣方力量，則將產生上升三角旗形，價位可能向上突破壓力線（圖表1-73）。

　　反之，在區間整理中，如果賣方力量大於買方，形成下降三角旗形，價位可能向下跌破支撐線（圖表1-74）。

　　亦可根據圖形測量漲跌幅目標（圖表1-75）。價格向上突破壓力線時，其目標價格的測量區，約在三角形頂點與支撐線的平行線附近。

圖表1-72　三角旗形

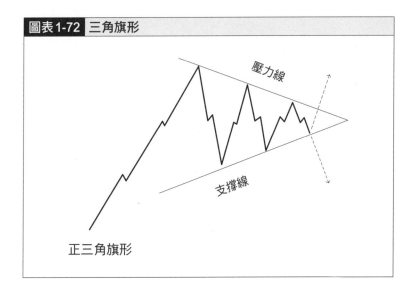

壓力線

支撐線

正三角旗形

圖表1-73 上升三角旗形

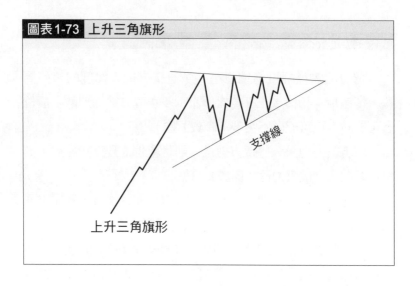

支撐線

上升三角旗形

圖表1-74 下降三角旗形

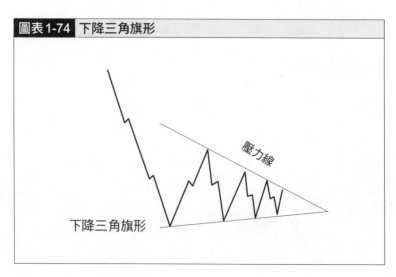

壓力線

下降三角旗形

圖表1-75 價位測量目標

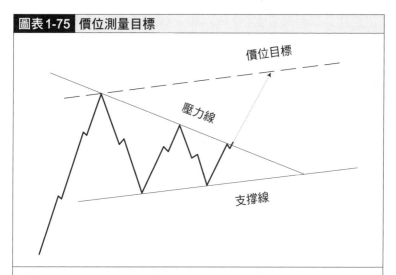

基本上，圖形形態理論可以說是研究技術分析的必學課程。然而這種形態的區分，是否對後市的研判上具有十足的判斷價值，則相當缺乏信賴度。

編著者在上課時，常常提到編著者的字典沒有「雙頭」、「雙底」這個名詞。原因就是雙頭、雙底的取例有失偏頗，許多投資人常常憑空臆測雙頭、雙底的形成，而失誤連連。編著者倒是注重形態結構突破時的「套牢量」；沒有足夠的量被套牢，不足以形成決定性的走勢。

附記

　　在原始的圖形形態理論當中，形態劃分得更細更多，幫助不大；而且形態的表現很難出現標準格式。形態結構的完成，只在於套牢多頭部位或空頭部位。以圓弧形來說，很難看到標準走勢。其次，三角形在轉折的底線沒有出現有效跌破之前，都有可能形成箱形走勢。

　　以所處的位置劃分，形態可以分為「底部形態」、

「中段整理形態」、「頭部形態」。至於形態結構完成的確認，除了壓力關卡（上限）與支撐關卡（下限）的突破外，應該配合成交量，才能做出更精確的判斷。

　　比如說，圖表1-69的「箱形走勢」是經常出現的「中段整理形態」，常出現在一波從長期最低點強勢急漲之後。2004年7月加權指數在5,504點、5,174點間的整理形態，1999年4月在7,703點、7,310點間的整理形態，都是中段的整理走勢。

圖表1-76　台灣股票加權指數日線圖

雙頂目標區為最高點到頸線距離的一倍。頸線跌破之後，雙頂的形態確立。以圖例走勢來說，當時加權指數跌破6,180點後，下跌的測量目標預估為5,879點，實際最低5,894點；兩倍的目標區落在5,578點。9月13日反彈高點6,186點的走勢則是屬於標準的「跌破拉回」。如果以量價結構來說，第二個反彈高點6,171點，還是屬於「跌破拉回」。

7 ● 其他的繪圖方式

1 ··· ○ × 圖

　　早年在電腦尚未普及前，圖表的繪製除K線圖與直線圖外，○×圖亦為一種歐美人士的圖形分析方法之一。由於國內運用電腦的情形相當普遍，除了少數操作期貨的投資人，尚有繪製○×圖或由它演變而成的轉折圖外，使用的人逐漸稀少。然而在歐美期貨交易所的場內自營交易員，由於沒有時間繪製圖表，因此仍然以繪製簡單方便的○×圖為主。○×圖可說是非常實用的技術分析工具。不論漲跌方向是否改變，亦或創新價位，都提供投資者充分掌握有效實際的買賣訊號（圖表1-77）。

　　○×圖也是根據價位變化來繪製，不過K線圖、直線圖的繪製，是每日一條線，較容易看出固定時段內的價位變化；而○×圖則完全以漲跌方向的變化來製作，不管時間上的因素，完全表現價格上漲者恆漲、跌者恆跌的特性，也較能表現圖形上的變化。

　　以加權指數的例子來說，在一個持續上漲的行情當中，如果回檔幅度沒有超過設定的轉折幅度（假設80點轉折），就一路每隔20點（格值）將×的符號往上畫；回檔超過轉折幅度的時候就每隔20點往下畫○。

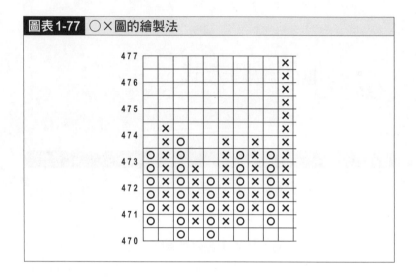

圖表1-77　○×圖的繪製法

在電腦已經非常普及的情況下，有心研究者大都朝向K線圖的研究上發展，在此略作○×圖介紹，不再詳細解說。

2…日本RENKO圖

這是最近十年來日本所創造出來的繪圖方式，噱頭十足，連歐美的技術分析軟體也特別加以引用。其基本精神就是利用一條短周期的移動平均線（大約是三日高、低、收盤價的綜合加權平均），來取代傳統K線圖的開盤價，因此表現出漲者恆漲、跌者恆跌的特性（圖表1-78）。當行情一路上漲的時候，K線圖一路呈現紅色的陽線；反之，當行情一路下跌的時候出現一路黑到底的K線圖（此即國內近年引進的「操盤線」、「裁縫線」）。

圖表1-78　台灣股票加權指數日線圖

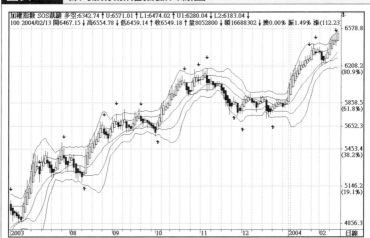

日本RENKO指標（裁縫線、操盤線）的最大致命傷是雜訊過於頻繁，一般追求買賣訊號越靠近高低點的指標，免不了雜訊過多。以2002年9月以後三年來說，出現的買賣訊號就高達180次，成功率不到六成；但是當行情展開時，一路翻紅的表現，的確吸引了不少好奇的投資人。幾乎所有的技術指標，都無法克服盤整走勢出現時的雜訊，除非加上形態的考慮因素。

　　表面上，這個技術指標雖能掌握大波段走勢，但最大致命傷是其多空基準的轉折採用極短期的移動平均線，翻紅翻黑的變化過於敏感，雜訊超多。運用上必須輔助其他分析工具。

　　因為短線雜訊過多，對於技術分析基礎不夠的投資人來說，這種圖形反而弊多於利。在多空轉折三、四次以後，繼續交易的信心會完全喪失，就算後面有更大的獲利機會也毫無意義。

　　而且，這種圖表經過修飾以後，缺口完全消失，跳空也失

去意義，在分析的角度上來說犧牲頗大。

　　就機械性的交易統計而言，其交易訊號在最近三年來的獲勝比率，甚至不到五成。而誘人之處，則是外表看起來掌握到大波段，出現連續維持陽線的走勢；其實誰都不知道何時翻紅的訊號最正確。

3⋯寶塔線圖

　　寶塔線圖是歷史悠久的分析工具，也是用以取代傳統Ｋ線圖的研判方式。基本原理類似「三日高低價反轉」、「三日收盤價反轉」；但如前述觀點，這種修正完全喪失Ｋ線圖的研究意義，而且「寶塔線圖」多空轉折的標準因人而異，無法得到一個較有共識的轉折條件（圖表1-79）。

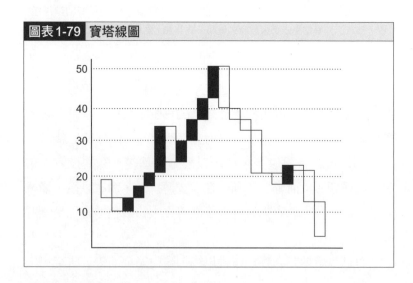

圖表1-79　寶塔線圖

附記

　　RENKO圖與實塔線圖的發表用意，或許是一種「傻瓜式買賣訊號」，不必像傳統K線圖的研判那麼繁複。這個出發點可能正確，但是實際運用上必須審慎思考。除非經過非常縝密的設計，否則要戰勝市場實是難上加難。就事實而言，交易訊號的正確與否在於趨勢是否有利。趨勢如果向上，可以一路運用短線技巧切入買進，一定是勝多敗少；反之，逆勢的時候，運用短線技巧放空，絕對是一錯再錯。

　　所以，如果真的認同RENKO圖的表現，那還不如用一條短線的移動平均線附加在傳統K線圖上來當做進出的依據。

8●甘氏角度線理論

　　甘氏（William D. Gann）據說是在半世紀前最傑出的一位投資交易員。甘氏利用數學、幾何學與星相學，發展出一套深奧無比的交易買賣系統，成功地應用在投資交易中，獲得非常高的盈利紀錄。這個傳說缺乏足夠輔證，誰也沒有親眼看到過。

　　甘氏理論比「波浪理浪」更複雜、艱澀難懂。也許因為這

個理論太過艱深，除了他的操作績效讓人側目之外，很難有後續的研究者獲得類似甘氏的成就。也有可能是甘氏故意隱藏某些理論上的重點，以致難窺堂奧。其理論重點大致如下：

①**角度線**（Gann Angles）：當市場趨勢向上或向下時，趨勢線在圖形中顯示出一個重要的角度，在角度線上形成阻力或支撐效果。

②**重大日期**（Anniversary Date）：基於市場周期，未來的反轉日期及其他波動均可預測。

③**主要（數字）方陣圖**（Cardinal Squares）：將某時段之內出現的最低價置於方陣圖的最中央，以螺旋盤狀，由最小價格依次向外延伸，再由中心最低價向外選取一條重要的角度線做為未來價格支撐阻力之研判（圖表1-84）。

④**價格時間方陣圖**（Price-Time Sqrares）：在某一時段之內，由最高價、最低價之間的幅度與時間形成的相對關係，尋找價位、時間的阻力與支撐。

由於目前國內外大多數電腦技術分析軟體，均只採用甘氏理論中的角度線分析，兼以甘氏理論複雜艱澀，因此本節僅就角度線予以介紹分析。

首先介紹甘氏的「百分比值」。「百分比值」是將波段價位由最高價至最低價細分為八個及三個等分：1/8、2/8、3/8、4/8、5/8、6/8、7/8等，以及1/3與2/3。如此可以得到下列九個百分比值：

1/8=12.5%	3/8=37.5%	2/3=66.0%
2/8=25.0%	4/8=50.0%	6/8=75.0%
1/3=33.0%	5/8=62.5%	7/8=87.5%

以上九個百分比值，甘氏認為50%最正確也最重要，其次是37.5%與62.5%。這些比值可能就是價格反彈或回檔幅度，

圖表1-80　甘氏角度線方形圖

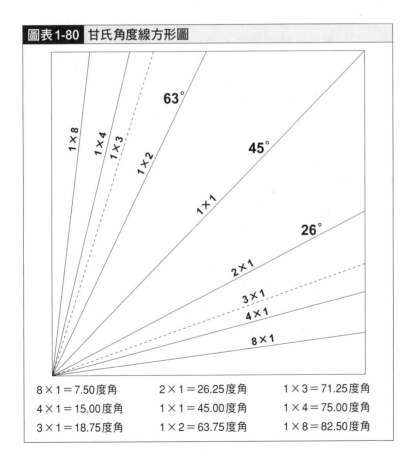

8×1＝7.50度角	2×1＝26.25度角	1×3＝71.25度角
4×1＝15.00度角	1×1＝45.00度角	1×4＝75.00度角
3×1＝18.75度角	1×2＝63.75度角	1×8＝82.50度角

恰好接近黃金比率0.382、0.5與0.618。

利用這九個百分比例，可求得九條角度線。

首先利用長、寬各八格的方形圖，找出八比一（圖形上代號8×1）的角度線7.5度角。在此正方形中，縱軸表示價格，橫軸表示時間（圖表1-80）。

九條角度線形成扇形延伸（圖表1-81）。每一條角度線均有可能成為支撐或壓力。在九條角度線中，甘氏認為較重要的為26.25°、45°與63.75°等三條線。

在使用的技巧上，投資人可利用不同高低點交叉形成的角度線，找出支撐與壓力的關係，研判買進賣出點（圖表1-82）。

角度線只是甘氏理論的一部分，運用在交易系統上，顯得有些牽強。圖表1-82之中可以發現，使用者從許多價格點上，

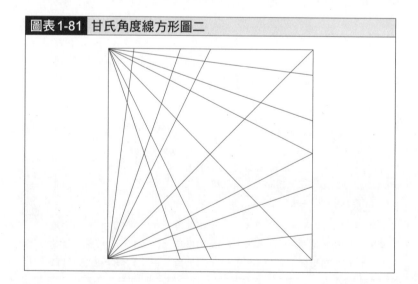

圖表1-81　甘氏角度線方形圖二

都可能延伸出角度線，自然能碰上具有支撐效用的角度線。縱軸與橫軸的設定密度亦可能產生不同角度，如果應用在四個月與六個月的時間長度，相同走勢卻會出現不同角度的線段。

　　因此，甘氏角度線的使用者，除非想要深入研究，否則儘可大而化之，做為輔助工具即可，不必過於深究。

　　傳統的甘氏角度線僅以波段最低點當做基準，常常因為天數設定不同而出現角度差異。圖表1-82的甘氏角度線以兩個高點當作中軸（原先的45°角），比如第一點A為64.5元，第二點B為58元（較粗的下降線）。

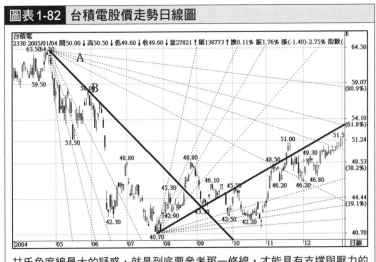

圖表1-82 台積電股價走勢日線圖

甘氏角度線最大的疑惑，就是到底要參考那一條線，才能具有支撐與壓力的意義。假如在行情尚未完成之前，無法確定那一條線具有決定性的意義，不過是個混水摸魚的行為。而且要等到事後才能確認支撐、壓力的作用，也跟猜銅板沒有兩樣。

圖表1-83 台灣股票電子類股走勢日線圖

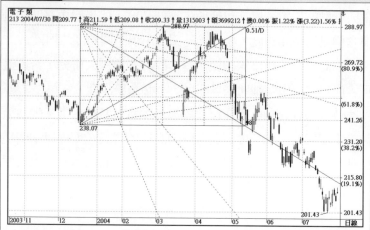

這是甘氏角度線的另一種表現方式，甘氏在發表他的操作理論後，世人都沒有任何操作依據上的共識，各說各話。但是甘氏在股市當中賺到巨大財富的傳說，仍然讓人津津樂道，有夢最美，不管是真的是假。

附記

　　就科學實證的角度，凡事必須求其精確無誤以後，才可以當做往後的參考依據。由於看到太多人在甘氏的理論上大作文章，但是毫無實際的績效，所以對於這些理論要存點保留的態度。

　　其次，利用所謂的「數字方陣圖」，也會經常出現巧合。以第一個外圍的數字來說，四條45°角斜線所出現的數字，就可以達到50%的正確機率，再加上垂直與水平的支撐，等於是有百分之百的巧合。在第二圈，45°角的作用26.6%的巧合機率，再加上垂直水平線，機率還是高達

圖表1-84 甘氏（數字）主要方陣圖

145	144	143	142	141	140	139	138	137	136	135	134	133
146	101	100	99	98	97	96	95	94	93	92	91	132
147	102	65	64	63	62	61	60	59	58	57	90	131
148	103	66	37	36	35	34	33	32	31	56	89	130
149	104	67	38	17	16	15	14	13	30	55	88	129
150	105	68	39	18	5	4	3	12	29	54	87	128
151	106	69	40	19	6	1	2	11	28	53	86	127
152	107	70	41	20	7	8	9	10	27	52	85	126
153	108	71	42	21	22	23	24	25	26	51	84	125
154	109	72	43	44	45	46	47	48	49	50	83	124
155	110	73	74	75	76	77	78	79	80	81	82	123
156	111	112	113	114	115	116	117	118	119	120	121	122
157	158	159	160	161	162	163	164	165	166	167	168	169

這個數字圖也是甘氏理論喜好者孜孜不倦的研究對象，甚至拿來跟《易經》、陰陽八卦相提並論。也因為玄之又玄，提出質疑的人不多。

53%。

而且，「數字方陣圖」最中央的數值，並不限定是「1」，可以改用波段最低值的數字，因此又產生了更豐富的巧合。而且碰到了位數較大的數值，比如說加權指數5,255點的時候，取其前兩位數字作為中央起始數值，如此更有較多的巧合機會。

碰巧出現的運氣，不能當做福氣；巧合，更不能當做操作上的依據。操作要成功，實證研究才是不二法門。

9・其他的形態概念

1…「N的概念」

　　形態的分析，有些專家提出了「N理論」的操作概念，但是這個觀點，只是一種圖表研判的經驗，尚且不足以構成完整的理論基礎，所以僅能稱為「N的概念」。

　　「N的概念」在基本上認為行情走勢是由無數的「N」形態所構成；這個概念可以說是脫胎自波浪理論當中的ABC調整浪。就所有圖表上所表現的事實來說，這個概念絕大多數場合都對，也非常值得注意。行情幾乎沒有直線上升或直線下降的走勢。因此轉折都是重複的出現，大N挾帶小N交互出現。

　　這種現象，說明了一件事，就是比較像樣的波段很少單獨存在，除非是形態結構遭到了嚴重性的破壞。所以，在股市的行情當中，不要過度的樂觀，也不要過度的悲觀，行情總是來回反覆居多。

2…「對半法則」與強弱基準

　　在「波浪理論」當中，針對反彈（回檔）的比率，是以黃金比率的0.618、0.5、0.382當作基礎。但是在講究實戰的主

力來說，為了快速計算與方便，則是以最簡單的「一半」做為研判強弱的基準。

　　也就是當一個上漲的趨勢當中，回檔幅度只要小於漲幅的一半，都是屬於「強勢整理」（也就是弱勢回檔）；超過一半則是屬於「弱勢整理」（相對就是強勢回檔）。

　　以加權指數來說，重要的回檔，大都是以漲幅對半的幅度來進行回測。以2003年1月的最高點5,141點來說，就是碰觸6,484點下殺到3,845點整個跌幅一半5,164點附近，誤差極微。當年4月18日最高點4,677點，則大約是5,141點下殺到4,240點的反彈一半（圖表1-85）。

圖表1-85　台灣股票加權指數周線圖

在反彈目標的預定下，控盤主力經常以對半的中價作為考慮，並以此做為強弱的基準。2003年初，為著閃避美軍攻打伊拉克可能出現的變數，反彈高點就落在6,484點到3,845點的一半5,141點。然後再將行情往下壓低應變。

當SARS的利空出現後，第一次的反彈高點4,365點，也是大約落在4,677點下殺到4,044點的一半。小幅壓回後，就奮力向上突破，一路展開強勢的攻擊，當中的回檔都只是屬於弱勢的回檔，沒有超過一半，反覆的攻擊到7,135點。

在這一段的漲勢當中，比較明顯的回檔出現在11月6日從6,182點的短線逆轉。此波回檔最低5,718點，雖然超過了近期上漲波段一半的幅度，但是有著前面一個整理形態的支撐，還是沒有構成大反轉的條件。

至於從7,135點的回檔，最低點是5,255點，雖然超過了從3,845點大漲以來的一半5,490點，但是有5,141點的形態支撐，加上跌破一半以後的時間、幅度都不大，而且迅速向上拉回，對於比較大的趨勢來說，仍然是屬於強勢的標準。截至2005年底，回檔一半守住對半的中價以後，無法強勢突破反壓中價，是無法繼續展現強勢的地方。

3…「動作三口訣」

根據「對半法則」、「N的概念」，可以歸納出一個研判趨勢形態的要領，就是「動作三口訣」。

①急拉之後，必有急拉（反之，急殺後，必有急殺）。
②急拉，弱勢回檔，必有高檔。
③急拉，高檔橫盤，必有高檔。

這個「急拉」的定義，就是位置處在相對低檔時候的第一

個急拉動作。就所有形態學的相關理論來說，行情大都是反反
覆覆的表現。尤其是「急拉」的動作，既然是市場內主力大戶
的強勢表現，更比較不會單獨存在。

　　以重大利空來說，「證所稅事件」，從8,813分兩波段下殺
到4,645點。「兩國論」則是從8,710點分兩段下殺到6,771點
（圖表1-86）。

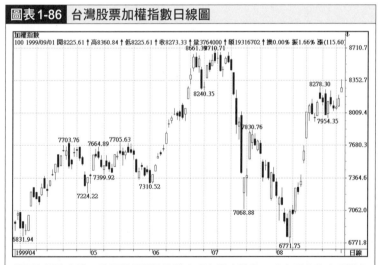

圖表1-86　台灣股票加權指數日線圖

就歷史經驗來說，除了證所稅的衝擊出現在最高點外，重大利空的出現都有
緩衝的空間。兩國論對於股市的衝擊，都在稍作停頓後，才以急殺的長黑殺
破8,240點，第一波的急殺在7,068點止跌回升，反彈不過半都是屬於弱
勢。第二波的殺盤雖然比較和緩，跌幅也是相當可觀。

從相對高點出現的急殺，大都有第二波的殺盤。第二波的殺盤力道如果比前
一波的急殺減弱，角度趨於緩慢，就必須注意破底後的切入時機。

在形態上，4月份從7,703點到7,310點的走勢就是一個行進間的整理形態。

第 **2** 章

成交量的研判

1・成交量理論

　　所謂「成交量」，即某檔股票在一天交易中，撮合的成交張數或股數。「成交值」即該檔股票在這一天的總成交價值。以「南亞塑膠」一股在 1989 年 8 月 18 日的交易而言，該股在 75 元的價位成交了 410 張，在 74.5 元成交了 1,778 張，在 74 元成交了 1,369 張，在 73.5 元成交了 131 張。總計該股當日「成交量」為 3,688 張，加上一些零股交易，實際成交量為 3,689,154 股。將價格乘上股數。即為該股的「成交值」。

　　在技術分析的領域上，價、量、時間是研究股價趨勢的三個重點方向。在技術分析上，甚至有「量領先價」的論點，對某些技術專家來說，「成交量」的研究也是相當重要的一環。

　　一般而言，一個正常、持續的漲勢當中，股價與成交量是同步同向遞增。成交量增加表示市場內投資人認同當時股價，而有意願進場參與；此時自然會將股價向上推升。成交量如果遞減表示市場內的信心不足，投資人逐漸離場觀望，股價也將回落。

　　當股價繼續上升，成交量卻後繼無力不能隨之上升時，即產生「量價背離」的現象，這是趨勢反轉的前兆（但是國內股市由於籌碼供應少，股價漲停板時經常有籌碼鎖死的現象）。

　　過去，有些專家喜歡提及「量大非頭，但近頭。」此種看

似高深的口訣式術語未經過驗證，貿然聽信只怕要受無謂之殃。理論須經驗證，否則就失掉了運用的意義。

依照著技術分析大師格蘭碧（Joseph Granville）的看法，成交量與股價趨勢的關係可歸納如下。

①價格隨著成交量的遞增而上漲，為市場行情的正常特性，此種量增價漲的關係，表示股價將繼續上升。

②在一個波段的漲勢中，股價隨著遞增的成交量而上漲，突破前一波的高峰，創下新高價，繼續上漲。然而此波段股價上漲的整個成交量水準卻低於前一個波段上漲的成交量水準。在此時，價創新，量卻沒突破，則此波段股價漲勢令人懷疑，同時也是股價趨勢潛在反轉的信號（圖表2-1）。

③股價隨著成交量的遞減而回升，股價上漲，成交量卻逐漸萎縮，成交量是股價上漲的原動力，原動力不足顯示出股價趨勢潛藏反轉的訊號（圖表2-2）。

④有時股價隨著緩慢遞增的成交量而逐漸上漲，漸漸地走勢突然成為垂直上升的噴出行情，成交量急遽增加，股價躍升

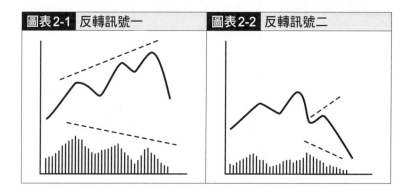

圖表2-1 反轉訊號一　　圖表2-2 反轉訊號二

暴漲。緊隨著此波走勢，繼之而來的是成交量大幅萎縮，同時股價急速下跌，這現象表示漲勢已到末期，上升乏力，走勢力竭，顯示出趨勢有反轉的現象。反轉所具的意義，將視前一波股價上漲幅度的大小，及成交量擴增的程度而定（圖表2-3）。

⑤股價走勢因成交量的遞增而上漲，是十分正常的現象，並無特別暗示趨勢反轉的訊號。

⑥在一波段的長期下跌形成谷底後，股價回升，成交量並沒因股價上漲而遞增，股價上漲欲振乏力。然後再度跌落至先前谷底附近，或高於谷底，當第二谷底的成交量低於第一谷底時，是股價將要上漲的訊號（圖表2-4）。價跌量縮，意味著惜售，與殺盤力道不強。

⑦股價往下跌落一段相當長的時間，最終出現了恐慌性的賣盤（Selling climax）。此時隨著日益擴大的成交量，股價呈現大幅度的下挫。通常在恐慌性的賣盤之後，由於預期股價已經偏低，同時恐慌賣出所創下的低價，將不可能在極短時間內

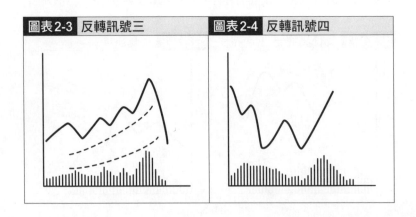

| 圖表2-3　反轉訊號三 | 圖表2-4　反轉訊號四 |

跌破時，常醞釀著一個上漲的契機。

市場中隨著恐慌大量賣出之後，往往是（並非絕對）空頭市場的結束（圖表2-5、2-6）。

⑧股價下跌，向下跌破股價形態（Price pattern）、趨勢線（Trendline）、或者跌破了移動平均線（Moving average），同時出現大成交量，是股價下跌的訊號，強調趨勢的反轉（圖表2-7）。

⑨市場行情持續上漲數月，出現急遽增加的成交量，股價卻上漲乏力，在高檔盤旋，無法再向上大幅上漲。顯示股價在高檔大幅震盪，賣壓沈重，此為股價下跌的先兆（圖表2-8）。股價連續下跌之後，在低檔出現大成交量，股價卻沒有進一步下跌，價格僅出現小幅變動，此即表示進貨，通常是上漲的因素（圖表2-9）。

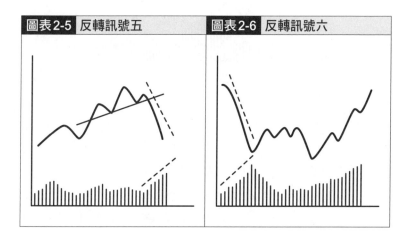

圖表2-5 反轉訊號五　　圖表2-6 反轉訊號六

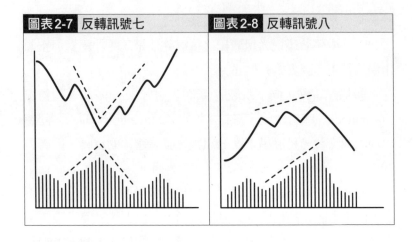

圖表2-7　反轉訊號七　　圖表2-8　反轉訊號八

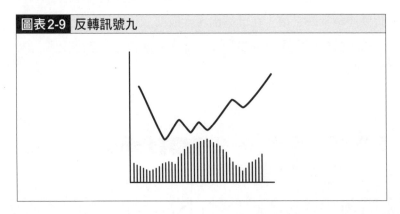

圖表2-9　反轉訊號九

　　按照傳統理論的觀點，價漲量增，價跌量縮，就是市場正常的表現；在這種情況下投資者大可順勢操作，不須過度擔憂。而必須要特別注意的就是異常的表現，也就是價漲量不增，或者價跌量增（也就是「量價背離」）。

　　其次，量能的研判要有更精確的意義，趨勢形態的輔助研

圖表2-10 台灣股票加權指數日線圖

成交量的持續擴增，是股市續創新高的條件，2001年加權指數從3,411點推升到6,484點的價量表現，可以說是成交理論的典型教材。初期因為911恐怖攻擊的影響，使得原本的探底走勢，下跌幅度持續加深。這強調了一個重要原則：底部尚未浮現時，不要輕易作多。探底過程中，9月21日出現了131億元窒息量，次日跳空開低後，在低檔來回震盪出現大量。

10月11日，以突破跳空越過盤整區反壓，出現了大型的「孤島反轉底部」。此後的推升攻擊，都是以明顯、較大的攻擊量出現。直到5,651點才出現比較明顯的爆量長黑。這個2,275億元的大量長黑，雖然構成短線回檔，但是到了跳空缺口的支撐時，呈現量能急速萎縮的現象，最低5,090點（守住缺口的上緣5,084點）成交最低875億元。大盤在此穩住後，展開另一個階段的攻擊。由於出現量價背離的現象，因而表現出緩步、反覆攻擊的推升走勢。

判也是相當重要的部分。

在成交量的研究上，必須注意綜合指數的研判標準跟個股略有差異。大盤、綜合指數反應整體市場氣氛，推升過程中，

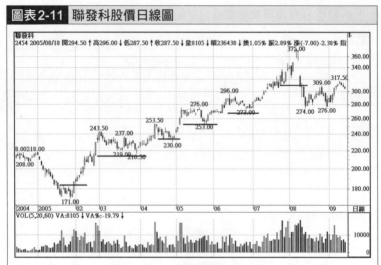

圖表2-11　聯發科股價日線圖

聯發科是 2005 年多頭主流之一，在往上發動攻擊以前，先從 218 元往下殺盤，壓低洗盤、進貨。最低打到 171 元。圖中可以看到，在低檔出現大量，低檔理應量縮，類似此種異常的表現，可以稱為「異常量」，是絕對值得注意的行情。尤其是向上突破低檔反壓 183 元時，更是進場買進的時機。

在推升的每一個過程當中，都是以大量拉出長紅，然後反覆洗盤清除浮額，回檔時都是守住長紅 K 線的最低點。

成交量一下子過度擴增都不是健康的表現，必須防備拉高出貨的嫌疑。下壓過程量能放大，則可注意是否藉著利空壓低進貨，可以多加觀察，找尋切入時機。

　　其次，成交量的研判，要考慮到流通性、活絡性。每天成交不到一千張或總股本相對非常低的個股，在技術面的表現其實毫無意義，縱使有大行情，也是公司派或主力自拉自唱的戲碼；到了最後，公司派或主力都不可能賺到大錢。

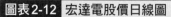

圖表2-12　宏達電股價日線圖

帶量突破

宏達電也是2005年多頭主流之一，早在2004年8月的時候，在除權前先下殺探底，除權當天出現大量後開始回升。第一個表態動作是在9月14日先以大量突破反壓，逐漸墊高底部。

在行情剛剛發動的時候，一般都需要一大段的時間來反覆洗盤，殺洗信心不足的短線客，甚至11月底再度以長黑洗盤、暗中吃貨。12月2日向上拉回，站穩138.5元，進行攻擊前的準備。

正式發動攻擊之前，高檔橫向盤整的時間相當久，2005年1月31日再度以帶量長紅突破一年多的大反壓161元，展開了超強的漲勢，最高達到488元，漲幅高達385%。

　　雖然有些公司的體質非常好，但是數量有限的大股東持股高達八、九成，這種股票充其量只能逢低進行長期投資性的買進，不要期待過高的獲利。因為大股東持股比率過高，就是潛在的相對賣壓，對於想介入的主力來說，必須衡量是否能夠承受不可預知的賣壓。

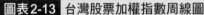

圖表2-13　台灣股票加權指數周線圖

成交量在研判上的基本精神就是突破較大反壓時，必須要有更大的成交量。
2003年7月突破5,141點的頸線反壓，就是有效的「帶量突破」。2004年2
月突破6,484點的反壓，也出現「帶量突破」的走勢，推升到7,135點。

2005年8月大盤再度挑戰6,481點時，能否有效突破6,484點的對應關卡，
取決於成交量能否有效擴增。此時的成交量明顯低於2002年高峰的水準，
缺乏繼續推升的動力，必須向下回檔修正。

其次，2004年在7,135點時的總市值高達17兆元，比過去的歷史性高點
12,682點、10,256點、10,393點的總市值都高，也是歷史性的紀錄。大盤
若要再度挑戰這個高點，基本面必須超過2004年，才會具備實質上的條件。

2 ● 能量潮OBV的優缺點與修正公式

1…OBV理論

　　OBV理論（On Balance Volume）為技術分析專家格藍碧於1963年發表在《股票獲利的最新技巧》（*New Key to Stock Market Profits*）一書上。主要是利用成交量的累算，來研判市場內人氣是否匯集或渙散。

　　在了解OBV的計算之前，對於兩個專有的名詞應先要有所認識，其一為「收集」（Accumulation）；另一則為「派發」（Distribution）。

　　所謂「收集」，意指大戶做手暗地裡在市場內逢低進貨、逢高出貨。在大戶尚未吃進足夠籌碼之前，他一邊出貨來打壓行情，另一邊暗地裡吃進，出少進多；而暫時的不讓行情上漲。等到大戶握有了相當足夠的籌碼之後，亦即「收集」的動作完成了之後；大戶才可能開始進行大力的買進，以促使行情能夠直接的大幅上漲。

　　相反的，「派發」指大戶做手在暗地裡逢高賣出、逢低買進。此時出多進少，等到大戶手頭上的籌碼出脫得差不多時，才會一股腦的大力殺出，以求獲利了結。

　　「收集」與「派發」幾乎全在枱面下進行。OBV的理論

即希望從價格變動與成交量增減的關係，推測市場是在「收集階段」或「派發階段」。

計算OBV的公式非常簡單。當今日收盤價高於昨日收盤價（上漲）時，今日的成交量列為「正值」。

而當今日收盤價低於昨日收盤價（下跌）時，則今日的成交量列為「負值」。一連串時間內的正負值成交量累計相加，即為OBV數值（圖表2-14）。

圖表2-14	OBV計算法		※此為假設數據
日期	每日收市價	成交量	OBV（累積成交量）
1	27.09	—	—
2	27.15	＋3,000	＋3,000
3	27.22	＋2,500	＋5,500
4	27.07	－1,800	＋4,700
5	26.85	－1,200	＋3,500
6	27.01	＋2,500	＋6,000

根據上表，第一日無從比較。第二日收盤價比第一日高，因此當日OBV值即為第二日的成交量，即等於＋3,000。

第三日收盤價又比第二日高，因此OBV值再加上第三日的成交量，成為＋5,500。

第四日收盤價下跌，此時OBV值累計第四日的「負值」成交量，成為＋4,700。以後日期的OBV的計算，依此類推。

一般技術分析專家認為，光是觀察OBV的升降增減，並

無意義。OBV須配合圖表的走勢，才有實質的效用。

在一般情況下，市場價格的走勢趨向，或多或少與成交量的變化有關係，此時OBV的曲線則呈現與價格趨向幾近平行的移動。這種情況並無特別意義。

當OBV曲線與價格趨勢出現「背離」走勢時，則可用以判別目前市場內，處於「吃貨」或「出貨」狀況。

根據上表的例子，價格僅是輕微下跌，OBV值卻反而呈現了＋6,000的數量，如果OBV值繼續的上升，則可相信大戶正在進行「收集」的工作，即暗地進貨。

2…OBV的優點與缺點

OBV為一種較早期的技術分析工具，因而也是最普遍使用的工具。但是可靠性如何，則端看使用者的主觀判斷。其優、缺點大致如下。

①OBV的優點：

交易市場內的資金，大都不動聲色地流動著。OBV無法明顯提示資金流向的理由，但當不尋常的大成交量於高價圈或低價圈出現時，可以警示投資者搶先研判市場多空傾向。

②OBV的缺點：

(1)OBV的計算原理過於簡單，出現的訊號通常無法區別是否與隨機產生的突發性消息有關。一項突發性傳聞，即會使得成交數量有不平常的變動。

(2)在計算OBV時，僅用收盤價的漲跌當計算的依據，顯

然可能失真。例如，當天最高價曾漲100點，但下影線則長達200點，如果收盤價只顯示了下跌5點時，這種情況OBV的功用無法完全反應現實。針對這種失真，有人嘗試以「需求指數」（Demand Index）來代替收盤價。「需求指數」即將最高價、最低價與收盤價三個價位加以平均。這種補救方式亦可應用至移動平均線、MACD等計算公式。

(3)OBV無法真正運用於商品期貨。各種商品期貨均有一定的到期交割日，在越接近交割的日期交易非常活躍，成交量增減有著周期的變化，因而對使用長期累計的OBV計算，有著扭曲訊號的影響。

3⋯OBV的修正公式

「成交量多空比率淨額法」（Volume Accumulation）為麥克・柴金（Marc Chaikin）所發表之OBV修正的方法。計算公式如下：

$$VA = \frac{(C-L)-(H-C)}{(H-L)} \times V$$

VA：成交量多空比率淨額法

H：最高價

C：收盤價

L：最低價

V：成交量

此種修正方法，乃根據多空的力量來加權修正當日成交量
值。在基本圖形理論中，曾假設收盤價是一日中多空雙方的結
論（均衡點）。因此收盤價減去最低價，表示著多頭買進的力
量幅度；而最高價減去收盤價則代表著空頭賣出的力量幅度。
所以在此修正公式之中，多頭力量幅度（C－L）減掉空頭力
量幅度（H－C）即為當日多頭的淨額力量幅度。以此淨額幅
度來乘以當日成交量，即可得到較正確合理的OBV計算數
值。否則在類似當日反轉的日線中，雖然當天較前一天小幅上
漲，但輔以極長之上、下影線的情況下，OBV值仍以正值累
加計算，似乎不盡合理。

3 ● 未平倉合約的意義

「未平倉合約」（Open Interest）為商品期貨與期貨選擇權
市場上的統計數字。所謂未平倉合約指一張期貨合約（可能是
買進或為賣出）在市場內尚未「平倉」（Liquidated）的合約。
平倉，意指將買進合約予以賣出，或將賣出合約予以買進，完
成了一買一賣的對沖手續。

　　未平倉合約的總數，是經由交易所的清算所在一個營業日
的交易結束後，將手上握有「倉位」（Position）而未進行平倉
動作者的彙集報告。未平倉合約的計算是以買賣的一個單方來
加以計算，並非是多頭及空頭的總和。在市場內，未平倉合約

的多頭合約總數一定等於空頭合約總數。

　　未平倉合約的增減，與價格漲跌有著相當高的關係。投資者如果擁有一張未平倉合約的「倉位」，他即須冒著市場可能有劇烈波動的風險。此時投資者除非持續的看好後市，否則他就可能已經有了獲利了結平倉，甚至認賠了事的動作出現。因此從未平倉合約數量的增減，與諸價格漲跌的比較，投資者可以判斷市場氣氛傾向於看多或看空。兩者之間大致有四種狀況的比較。

1…未平倉合約增加，價格上漲

　　顯示市場內部技術性看好，部分新多頭及空頭加入市場，導致未平倉合約增加。價格上漲表示市場內多頭的態度較空頭積極，因為多頭願意付出較高的價位來買進持有；而空頭顯然較為被動而謹慎，僅願意選擇較高的價格放空。根據研究報告指出，在這種情況下，後市價格看好，上漲的機率高達82%。（見《Sensible Speculating in Commodities》一書）

2…未平倉合約減少，價格上漲

　　顯示市場內部技術性看跌。市場內部分空頭確認先前的放空合約是項錯誤的決定，因而以較高的價位買進認賠平倉，因而促使價格上漲，也促使未平倉合約減少。在這種情況下，明顯的並無新多頭進場跟進，價格的上漲僅歸因於空頭回補，此

時後市下跌的機率高達78％。

3…未平倉合約增加，價格下跌

技術性顯示市場內部看跌。在市場內，空頭態度積極的放空，此時多頭氣勢薄弱無法承接大量賣盤，因此未平倉合約持續增加，價格也逐步滑落。在這種情況下，後市下跌的機率高達93％。

4…未平倉合約減少，價格下跌

技術性顯示市場內部看好。市場部分多頭獲利回吐，導致價格下跌；而空頭又不願殺得更低，甚至回補，使得未平倉合約減少。在此種情況，顯示市場價格見底，跌勢即將結束，後市看好機率達88％。

歸納上述四種情況，可以得知，當未平倉合約與價格同向增減時，技術性後市看好；而當兩者反向背離時，後市看跌。這種關係與成交量、價的關係相當一致。圖表2-15為兩者關係的比較觀察，屬於一般性的觀察方法。

美國技術分析專家拉瑞‧威廉（Larry Williams）提出獨特的看法。他認為：當價格牛皮（窄幅盤整），未平倉合約減少時，顯示市場內技術性看好，原因為「大戶」相信短期的牛皮價格會突破壓力線上漲（圖表2-16）。

圖表2-15 成交量、價間關係之比較

價格	未平倉合約	市場內部變化	預期後市
上升	增加	多頭買進	上升
上升	不變	多頭賣出、空頭買進	上升
上升	減少	空頭回補	下跌
下降	增加	空頭賣出	不變
下降	不變	多頭了結、空頭賣出	下跌
下降	減少	多頭了結	上升
牛皮	增加	多空相等	中性
牛皮	不變	多空相等	中性
牛皮	減少	多頭了結、空頭回補	中性

圖表2-16 未平倉合約減少

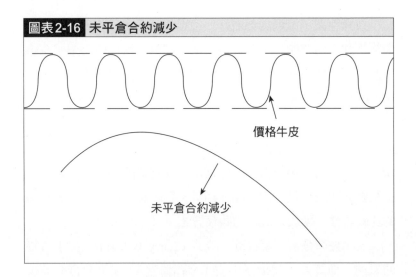

價格牛皮

未平倉合約減少

　　當價格牛皮，未平倉合約增加，則顯示「大戶」正在拋售，認為價格終將跌破支撐線（圖表2-17）。

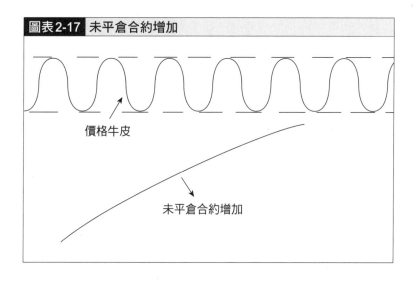

圖表2-17　未平倉合約增加

價格牛皮

未平倉合約增加

　　由於未平倉合約取得的數據通常比較晚，無法立即得到研判上當機立斷的效果，因此最基本的精神，仍然延續成交量在研判上的基本看法。也就是當一個盤整區出現時，未平倉合約如果大增，就會製造盤整區有效突破以後，出現一個比較強烈的推升或下殺的作用。

　　以未平倉合約當作極短線、當沖的依據，就實際的表現來說，很難取得比較高的正確機率。尤其是期指的衍生性商品「期指選擇權」推出以後，各種套利策略的千變萬化，更是讓未平倉合約在數量上的表現有所變化，產生了更複雜的變數。

附記

　　未平倉合約的研判，實際上很難達到精確的研判作用，尤其是在短線上的參考。因為未平倉合約的總數，在

國外是透過清算公司的統計加總而來，淨額計算的標準略有差異存在。其次，國內期指操作有兩個領域，摩根期指與台期指的留倉比率對於大戶來說大不相同，統計上難免偏失，當做短線參考的效果反而不如針對趨勢形態的掌握。

　　其次，期指在技術面上的表現，經常有超漲、超跌的現象，假突破的走勢經常出現，在研判上不如以現貨指數的走勢為主，也就是以加權指數的現貨走勢當作期指操作的主要依據。加權指數在價量、形態的表現可以說是全世界股市最精準、最符合理論規範的走勢。

　　無論是期指、期指選擇權的操作，都可以利用現貨加權指數出現買進、賣出訊號的時候，當做進場點的依據。

第 **③** 章

波浪理論

1. 波浪理論概論

波浪理論（Wave Principle）是技術分析大師艾略特（R. N. Elliott）於1939年發表的價格趨勢分析工具，可以說是近年來技術分析界運用廣泛，最難了解、熟練的分析工具。

艾略特認為：「股票或任何商品的價格波動，都與大自然的潮汐一樣，具有相當程度的規律性。」價格波動就如潮汐般，一浪跟著一浪，而且是周而復始的；展現出周期循環的必然性。

所以，艾略特認為股票、商品價格的任何波動，均屬有跡可循。因此，投資者可以根據規律波動，預測價格的未來走勢，做為買賣策略的運用。

波浪理論發表當時並未受到特別重視，而待日後羅伯·派瑞特（Robert Prechter）的努力詮釋，在他出版有關著作與《波浪理論通訊月刊》（The Elliot Wave Theorist）後，才名噪一時。派瑞特經常在電視採訪中，成功預測股市趨勢，甚至準確預測1987年10月的美國大崩盤，更使波浪理論備受關注。

但是，波浪理論其實是一種市場動態的詮釋、解讀的分析工具。正如中國古書所說：「天機不可洩漏」；太多人知道如何解讀，就失掉了它的神祕性、自然性，不再是不可知的天機。

如果所有的人都知道加權指數12,000點是行情的頂點，大家都會在這裡賣出；既然大家都要賣出，就沒有人在這裡買進承接。在這種情形下，豈不形成了無量崩盤？有些人認為，當年的美股崩盤，除了其他的影響因素外，派瑞特的影響力也難辭其咎。

所以做為一個市場解讀、詮釋的工具，波浪理論應該具有「可知、不可說」的神祕性。

市場的走勢，在波浪理論的精神當中，是一個自然而然的演變過程。如果要以人為的思想、動作，來強加改變，就違反自然精神。假設人為的思想、動作不足以構成過大的影響時，那麼在波浪理論也許只會出現較小的變數。比如說，只會導致調整浪的形態趨於複雜，較難辨認。因此，市場當中能夠解讀波浪演變的人愈多，這個市場的走勢也會更複雜。

然而，波浪理論的基本精神強調「趨勢的必然性」。即使有人為因素的介入，其後行情也如李白詩句：「抽刀斷水水更流」，不管如何攔截江流，終將回歸大海。

2●波浪理論的基本形態

依據波浪理論的論點，一個價格的波動周期，從「牛市」到「熊市」的完成，包括五個上升波浪（wave 1、2、3、4、5）與三個下降波浪（wave a、b、c），總計八浪（圖表3-1）。

每一個上升波浪，稱為「推動浪」（Impulse wave），如圖表3-1中的第一、三、五波浪。每一個下跌波浪，是前一個上升波浪的「調整浪」（Collective wave），如圖表3-1中的第二、四波浪：第二浪為第一浪的調整浪，第四浪則為第三浪的調整浪。

以較大一級的大循環來講，第一浪至第五浪只是其中的一個「大推動浪」；而a、b、c三浪則為「大調整浪」。

因此，在每一對上升的「推動浪」與下跌的「調整浪」組合中，大浪之中又可細分小浪，亦同樣以八個波浪來完成較小的級數的波動周期。圖表3-2，在一個大的價格波動周期涵蓋了34個小波浪。在圖表3-3中，則涵蓋了144個更細小的波浪。

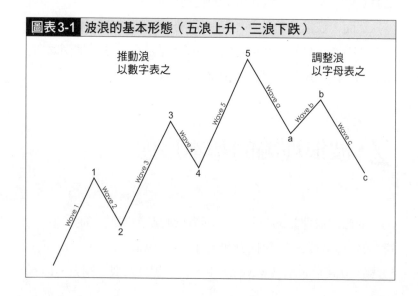

圖表3-1 波浪的基本形態（五浪上升、三浪下跌）

圖表3-2 艾略特波浪理論（中循環周期）

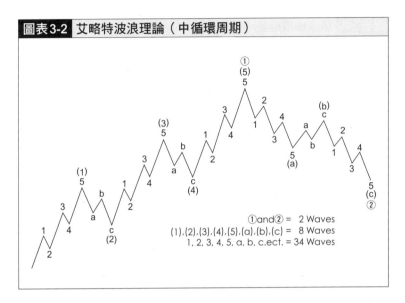

①and② = 2 Waves
(1),(2),(3),(4),(5),(a),(b),(c) = 8 Waves
1, 2, 3, 4, 5, a, b, c.ect. = 34 Waves

圖表3-3 艾略特波浪理論（大循環周期）

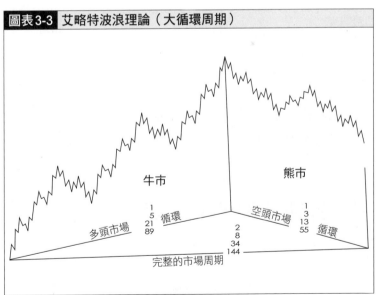

圖表3-4 波浪循環級數

波浪級數	推動浪代碼	調整浪代碼
超級大周期波浪 GRAND SUPER CYCLE	無代碼……	……
大周期波浪 SUPER CYCLE	（Ⅰ）（Ⅱ）（Ⅲ）（Ⅳ）（Ⅴ）	（A）（B）（C）
周期波浪 CYCLE	Ⅰ Ⅱ Ⅲ Ⅳ Ⅴ	A B C
基本大浪 PRIMARY	1 2 3 4 5	a b c
中型浪 INTERMEDIATE	(1) (2) (3) (4) (5)	(A) (B) (C)
小型浪 MINOR	1 2 3 4 5	a b c
細浪 MINUTE	i ii iii iv v	
最細浪 MINUTE & SUB-MINUTE	無代碼……	……

初學者儘量避免複雜的浪級劃分，可以大、中、小或3、4個級數練習。

　　波浪循環的級數，一共劃分為九級。在不同的級數中，每一波浪數字的標示法，各有習慣性的區別，如圖表3-4。

3‧各種波浪的基本特性

　　將「波浪理論」與「道氏理論」相較之下，可以發現艾略

特受到道氏影響非常大。道氏認為在一個上升的多頭市場中，可分為三個上漲階段。艾略特則與自然界的潮汐循環相比附，綜合出「波浪理論」。

艾略特本人並未詳細說明這些波浪的特性。將不同波浪的個別特性加以詳細解說的，始於波浪理論大師羅伯・派瑞特的《艾略特波浪理論》一書（1978年與 Alfred John Frost 合著出版）。每一波浪的特性如下：

1…第一浪

幾乎半數以上的第一浪，是屬於打底（Basing）的形態。其後的第二浪調整幅度通常很大。由於此段行情的上升，出現在空頭市場跌勢後的反彈，缺乏買力的氣氛，包括空頭的賣壓，經常使之回檔頗深。另外半數的第一浪，出現在長期盤整底部完成之後，通常此段行情上升幅度頗大。如美國1942年的道瓊工業指數。第一浪的漲幅通常是五浪中最短的行情（圖表3-5）。

2…第二浪

這一浪下跌的調整幅度相當大，幾乎吃掉第一浪的升幅。當行情跌至接近底部（第一浪起漲點時），開始發生惜售心理，成交量也逐漸縮小時，才結束第二浪的調整。

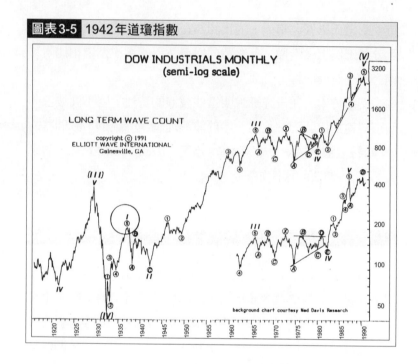

圖表3-5 1942年道瓊指數

3…第三浪

第三浪的漲勢通常是最大、最有爆發力。這段行情持續的時間與幅度，經常是第一、三、五浪中最長的；即使不是最長的，也絕不是當中最短的一浪。

此時市場內投資者信心恢復，成交量大幅度上升。尤其在突破第一浪的高點時，即為道氏理論的買進訊號。這段行情的走勢強勁，圖形上的關卡都輕易突破，甚至出現跳空上漲的狂飆局面。

由於漲勢過於激烈，第三浪經常出現所謂的「延長波浪」（Extended wave）。

4⋯第四浪

第四浪通常會以較複雜的形態出現，也經常出現三角形的走勢。此浪的最低點通常高於第一浪的高點（圖表3-6）。

5⋯第五浪

在股票市場中，第五浪的漲勢通常小於第三浪。且經常會有失敗的情況，即漲幅不見得會很大。圖表3-7即為第五浪的失敗形態，其最高點無法超越第三浪的高點。但在商品期貨市

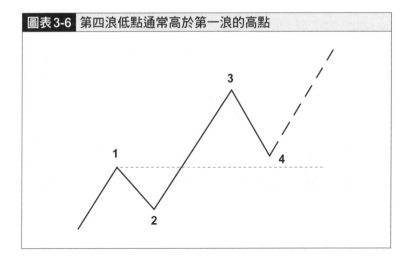

圖表3-6　第四浪低點通常高於第一浪的高點

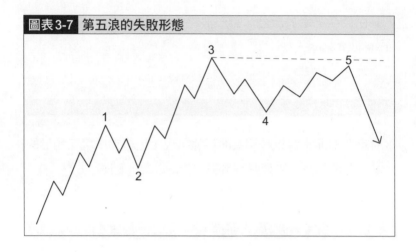

圖表3-7 第五浪的失敗形態

場，則出現相反的情況，第五浪反而經常是最長的波浪，而且常常會出現「延長波浪」。

在第五浪中，第二、三類的股票常是市場內主導力量，其漲幅常大於第一類股票（績優藍籌股，或大型股）。

附記

此種說法，羅伯‧派瑞特於近年已經有所轉變。他不再認為二、三類股是第五浪的主流股。

6⋯第A浪

A浪中，市場內投資者大多數認為行情尚未逆轉，此時僅為一個暫時回檔的現象。實際上，A浪的下跌，在第五浪通常

已經有警告訊號，如量價背離或技術指標上的背離。

7…第Ｂ浪

　　Ｂ浪通常成交量不大，一般而言是多頭的逃命線。但是它的上升形態很容易形成「多頭陷阱」，讓投資者誤以為是另一波段的漲勢。

　　1988年10月中旬，台灣股市中Ｂ浪反彈即誘使不少投資人慘遭套牢（圖表3-8）。

圖表3-8　台灣股票加權指數日線圖

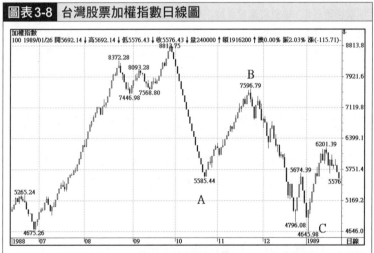

1988年9月24日證所稅公布後，形成無量崩盤。在Ａ浪跌勢中，大戶索性放棄護盤，甚至有打壓行情的嫌疑，待至低點攤平進貨，而於Ｂ浪高點大舉出貨。Ａ浪跌幅37％，Ｂ浪跌幅38.90％，大約相等。

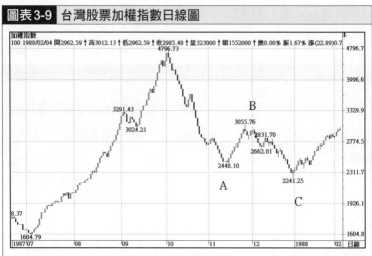

圖表3-9 台灣股票加權指數日線圖

加權指數於4,796點以單日反轉訊號見頂回落。1987年10月19日美國崩盤，遂加深A浪的跌幅深度。A浪跌幅47%，由於A浪跌幅過深，致使C浪的下跌僅屬於補跌的走勢。而C浪跌幅僅為26.7%，跌勢已有趨緩跡象（當時漲跌停板的限制縮小為3%）。

8⋯第C浪

　　C浪的特點通常是跌勢強烈。具有推動浪第三浪的類似特性，跌幅大，時間也持續較久（圖表3-9）。

4‧推動浪的特殊形態

　　推動浪的特殊形態，有：「延長波浪」、「二次拉回」、

「傾斜三角形」與「失敗形態」等。

1···延長波浪

　　在正常的情形下，「推動浪」的上升形態是以五波浪的序列存在。而在特殊的情形當中，有所謂的「延長波浪」發生，即在第一、三、五浪中的任一波段，發生更次一級的五波走勢。圖表3-10中，即為延長波浪分別在第一、三、五浪；偶

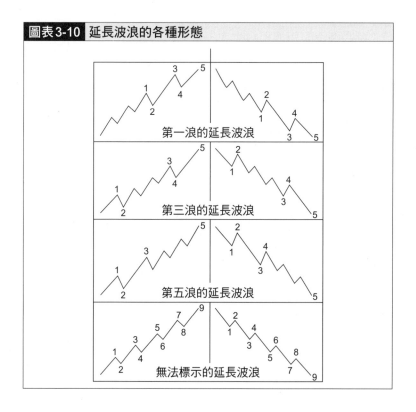

圖表3-10　延長波浪的各種形態

爾，有較難區分的延長波浪，即以九段波浪上升的情況出現（即圖表3-10的最後一個形態）。

辨清「延長波浪」的存在，有助於對未來波段走勢的預測與分析。由於在經驗法則中，延長波浪僅出現在第一、三、五推動浪中的某一波段。因此，假如第一浪與第三浪的漲幅相等，則第五浪出現延長波浪的可能性即會增高，尤其是在第五浪中的成交量高於第三浪的狀況中，延長波浪更有可能會出現。同樣的，若延長波浪出現於第三浪中，則在第五浪的形態漲幅約與第一浪相等。

延長波浪有可能再衍生次一級的延長波浪。在圖表3-11的

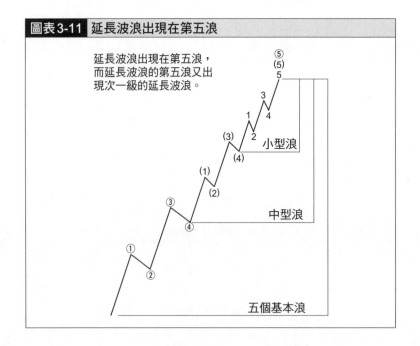

圖表3-11 延長波浪出現在第五浪

延長波浪出現在第五浪，而延長波浪的第五浪又出現次一級的延長波浪。

例子當中，延長波浪發生在第五推動浪中，而在延長波浪的第五浪中又發生較次一級的延長波浪。但這種雙重延長波浪較常出現在第三推動浪之中（圖表3-12）。

　　假若，在第五浪中發生了延長波浪的現象，那麼在接下來的調整浪中的下跌三浪，將會跌至延長波浪的起漲點，並且隨後跟著反彈，創下整個循環期的新高價。即第五浪的延長波浪，

圖表3-12　延長波浪出現在第三浪

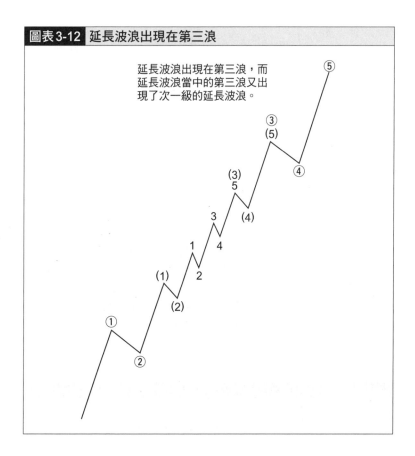

延長波浪出現在第三浪，而延長波浪當中的第三浪又出現了次一級的延長波浪。

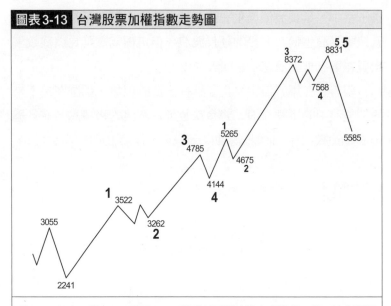

圖表3-13　台灣股票加權指數走勢圖

於1988年中，從2,241點至8,813點是以延長波浪方式進行。第一浪上漲了1,281點。第三浪上漲1,523點，略大於第一浪的幅度。第五浪則從4,144起漲至8,813點，漲了4,669點。

基本上，在前一波的高點4,796點（1987年10月）先行洗盤回檔是最漂亮的動作。在此會有多數人以雙頭的角度來認為頭部已經形成，構成空頭的陷阱。待4,785、4,796點關卡一旦翻越，盤勢就是一路狂飆而上。

通常跟隨著「二次拉回」的調整，意即回檔調整至延長波浪的起漲點後反彈回升，再一次把行情拉回高檔，甚至創新高價。

2…二次拉回

二次拉回（Double Retracement）的形態，又可分為兩種：

　　一是當其整個「價格波動周期」屬於較大周期中的第一大浪或第三大浪時，其調整波回跌至延長波浪的起漲點，成為大周期中的第二浪或第四浪低點；而第二次拉回則回升形成第三浪或第五浪高點（圖表3-14）。

　　二是當其整個周期屬於較大周期的第五浪時，調整波回跌至延長波浪的起漲點，是為調整浪的A浪的低點；二次拉回，即反彈創新高價（即比第五大浪高點還更高），是為B浪的高點，C浪則以五浪下跌形態出現（圖表3-15）。

3⋯收斂傾斜三角形

　　收斂傾斜三角形（Diagonal Triangles）的形態發生在第五浪中，通常是處於既長又快的第三浪飆漲行情之後，為第五浪的特殊形態之一。收斂傾斜三角形是由兩條收斂的支撐線與壓

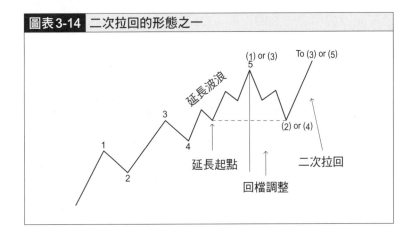

圖表3-14　二次拉回的形態之一

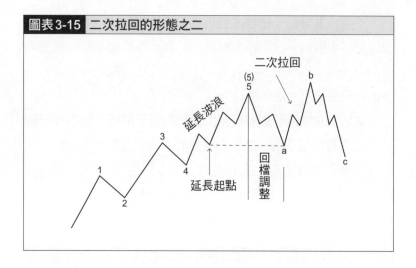

圖表3-15　二次拉回的形態之二

力線所形成，第一小浪至第五小浪都包含在此兩條趨勢線之內（圖表3-16、3-17）。

　　此外「傾斜三角形」可以存在兩種特例：(1)第一至第五小浪均可再細分次一級浪，有別於延長波浪只出現於第一、三、五浪其中之一浪的原則；(2)第四小浪低點可以低於第一小浪高點。

4⋯失敗形態

　　失敗形態經常在第五浪中出現。失敗形態是指第五浪的上漲幅度未能超過第三浪的高點，形成所謂「雙頭形」（或雙底形）（圖表3-18）。

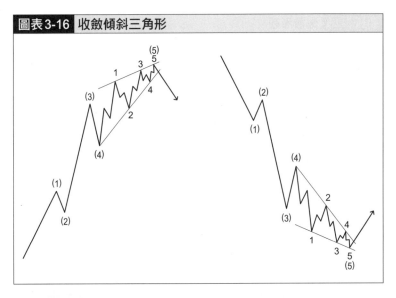

圖表3-16 收斂傾斜三角形

圖表3-17 SIMEX日經指數日線圖

1992年7月中的最後跌勢第五浪,是以下降收斂三角形,結束一年多的空頭跌勢。

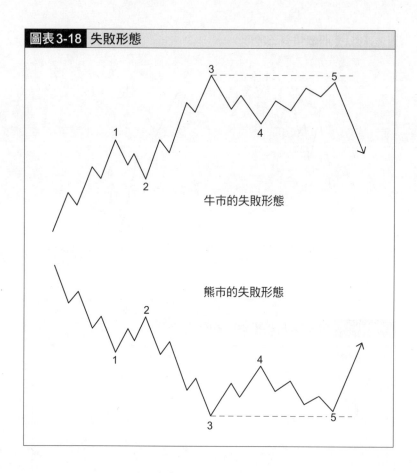

圖表3-18 失敗形態

牛市的失敗形態

熊市的失敗形態

5・調整浪的特殊形態

　　調整浪的級數與浪數辨別，通常比推動浪困難且複雜。因

此許多波浪理論的分析者，也常常無法及時辨別目前行情到底
是屬於何種級數與浪數，往往事後才恍然確認。

　　針對這個難題，波浪理論有一個重要原則，可以協助分析
者辨認調整浪的形態，即「調整浪數絕不會是五浪」的原則。

　　調整浪一般可分為四種形態：(1)曲折形；(2)平緩形（「不
規則平緩形」與「順勢調整形」）；(3)三角形；(4)雙重三浪與
三重三浪。四種形態分別說明如下。

1···曲折形

　　曲折形在一個多頭的市場中，是個簡單的三浪下跌調整形
態，可細分為五─三─五的波段，B浪高點低於A浪的起跌點
（圖表3-19）。

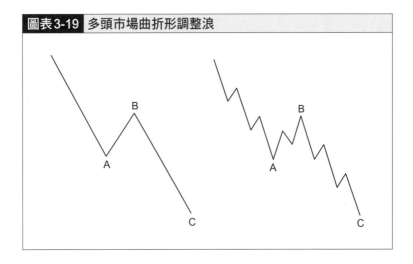

圖表3-19　多頭市場曲折形調整浪

　　而曲折形在一個空頭市場中，Ａ－Ｂ－Ｃ三浪的形態則以相反方向向上調整（圖表3-20）。

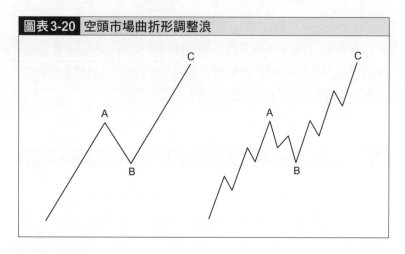

圖表3-20 空頭市場曲折形調整浪

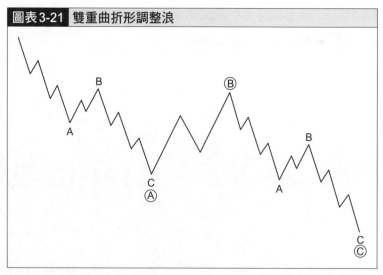

圖表3-21 雙重曲折形調整浪

通常在較大的波動周期，會出現「雙重曲折形」（圖表3-21）。

2…平緩形

平緩形與曲折形的差異，是較小級數劃分的不同，平緩形是以三—三—五的形態完成調整浪（圖表3-22、3-23）。在平緩形中，A浪的跌勢較弱，以三浪完成A浪，並不像在曲折形中A浪以五浪完成。

平緩形的種類又可細分為三種：

①「**普通平緩形**」，此種形態B浪的高點約在A浪的起跌點附近（圖表3-22、3-23）。C浪低點與A浪低點相當（即不穿頭亦不破底）。

②「**不規則平緩形**」，此種形態B浪的高點超過了A浪的起跌點，C浪低點則將跌破A浪的最低點（圖表3-24、3-25）。

圖表3-22　普通平緩形調整浪（多頭的回檔調整）

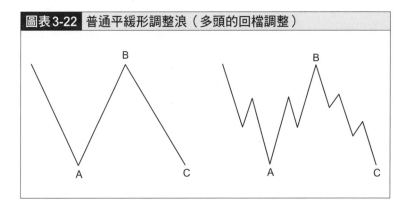

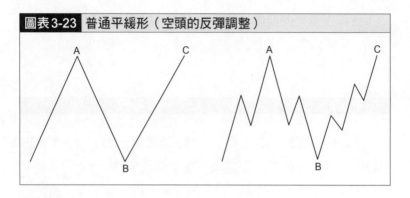

圖表3-23　普通平緩形（空頭的反彈調整）

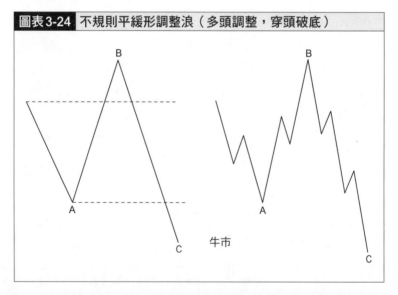

圖表3-24　不規則平緩形調整浪（多頭調整，穿頭破底）

牛市

　　另一種情形下，即B浪高點若是不能高於A浪起跌點，則C浪的跌幅低點將不低於A浪的低點（圖表3-26、3-27）。

　　③「順勢調整形」，通常是在一個明顯的多頭漲勢中，順著漲勢以A－B－C的向上傾斜形態，完成調整浪。在這種形

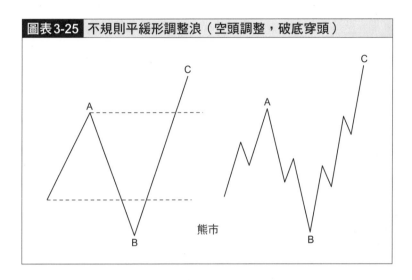

圖表3-25　不規則平緩形調整浪（空頭調整，破底穿頭）

熊市

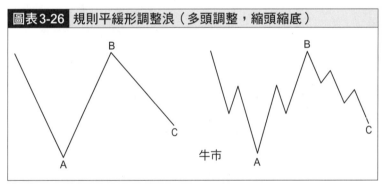

圖表3-26　規則平緩形調整浪（多頭調整，縮頭縮底）

牛市

態中，C浪最低點比A浪起跌點還要高，圖表3-28中的第(2)浪即為「順勢調整浪」。

在圖表3-28中，有一個相當重要的原則，即：**B浪以三浪形式上升**──若是五浪則形成「推動浪」，應歸劃為第(3)浪──符合「調整浪絕不會是五浪」的原則。

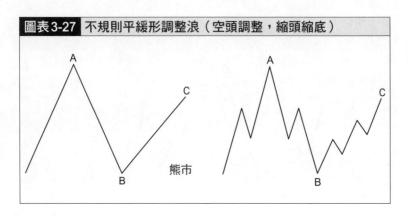

圖表3-27　不規則平緩形調整浪（空頭調整，縮頭縮底）

熊市

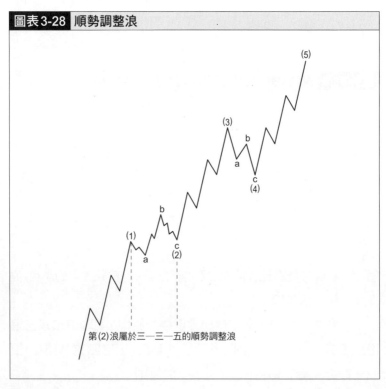

圖表3-28　順勢調整浪

第(2)浪屬於三─三─五的順勢調整浪

3···三角形

三角形調整形態僅出現在一段行情中的最後回檔,即在第四浪中。在這種狀況下,多空雙方勢均力敵,來回拉鋸形成牛皮盤檔,成交量較低。通常是以三—三—三—三—三共15個小浪來完成調整。其形態又可分為四種(圖表3-29)。

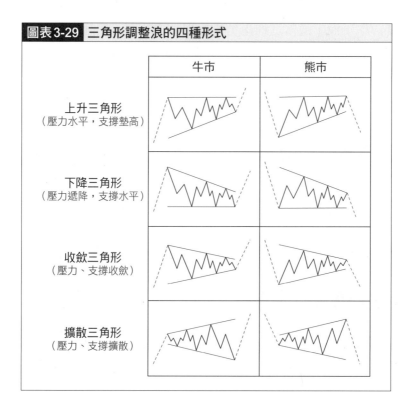

圖表3-29　三角形調整浪的四種形式

4···雙重三浪與三重三浪

所謂「三浪」指曲折形或平緩形的三浪調整。而「雙重三浪」（Double Three）或「三重三浪」（Triple Three）即是以雙重或三重的形式，出現曲折形或平緩形三浪調整。圖表3-30即「雙重三浪」的示例。圖表3-31為「三重三浪」的示例。

圖表3-31A與B圖中，每一重三浪之間，夾雜著一段上升的「X」浪。通常這種走勢的出現，意味著行情趨勢的不明朗，「調整三浪」一再重複。此時多空雙方蓄勢待發，等待有利己方的基本面因素。這種走勢突破之後，行情將會有一段強而有力的走勢。

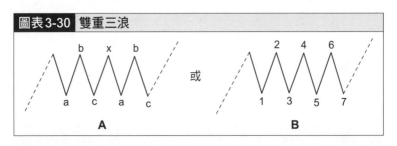

圖表3-30 雙重三浪

A B 或

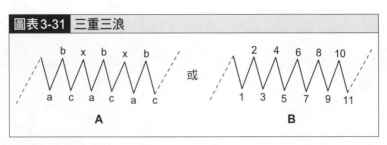

圖表3-31 三重三浪

A B 或

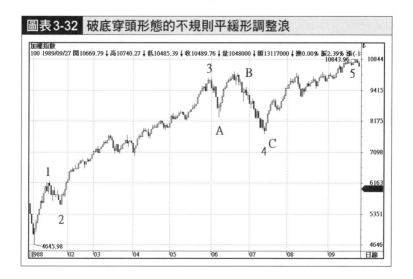

圖表3-32　破底穿頭形態的不規則平緩形調整浪

6 ● 波浪理論的基本原則

1⋯交替原則

　　交替原則，即調整浪的形態以交替方式出現。比如：單式與複式兩種方式交替出現。假若第二浪是「單式」調整浪，那麼在第四浪便會是複式調整浪。如若第二浪為「複式」，則第四浪便可能為「單式」（圖表3-33）。

　　在其他的情況下，在一個較大級的調整浪，若出現「平緩形」a－b－c完成大A浪時，接著有可能以「曲折形」a－b－

c來完成大B浪。反之亦然（圖表3-34、3-35）。

　　若在較大級數中的A浪是以「單式」完成，那麼B浪極可能出現「複式」（圖表3-36、3-37）。

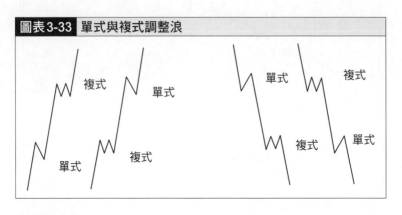

圖表3-33　單式與複式調整浪

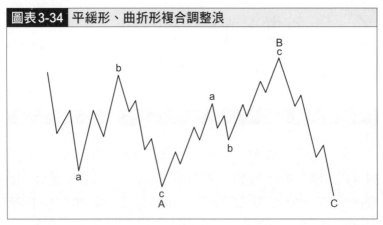

圖表3-34　平緩形、曲折形複合調整浪

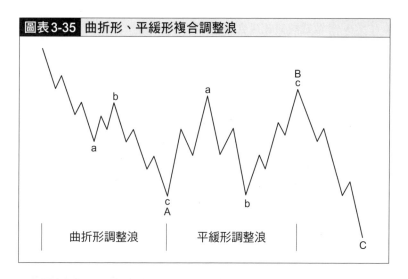

圖表3-35　曲折形、平緩形複合調整浪

曲折形調整浪　　平緩形調整浪

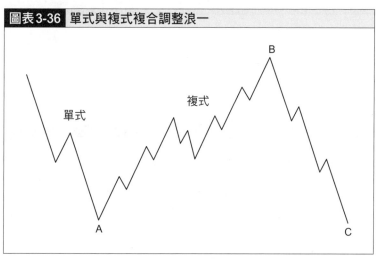

圖表3-36　單式與複式複合調整浪一

單式　　複式

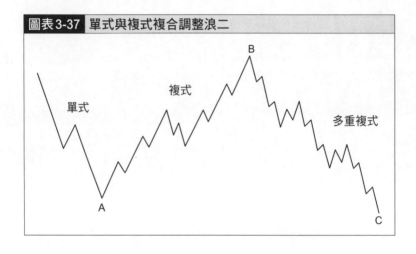

圖表3-37　單式與複式複合調整浪二

2…調整浪的形態結構對後市行情會有所影響

　　行情趨勢（漲、跌）的強弱，可經由調整浪的盤整形式，來加以預測估計（圖表3-38）。

3…調整浪的辨認計數

　　依據艾略特的「自然法則」：

　　①第四浪的低點不能低於第一浪的高點。

　　②第三浪的波幅經常是最長的，而且絕不是最短的一個推動浪。

　　根據這兩項原則，可以正確辨認浪數（圖表3-39）。

圖表3-38　判別後續趨勢的強弱

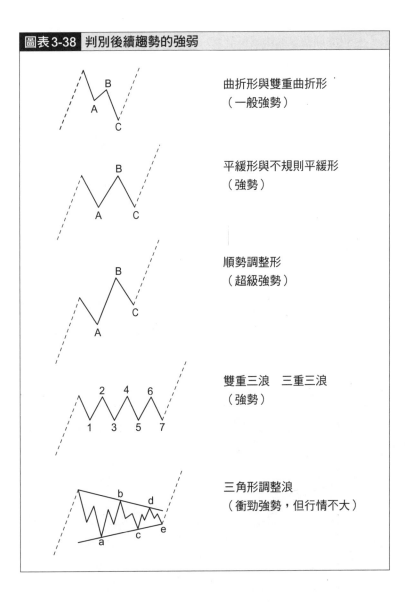

曲折形與雙重曲折形
（一般強勢）

平緩形與不規則平緩形
（強勢）

順勢調整形
（超級強勢）

雙重三浪　三重三浪
（強勢）

三角形調整浪
（衝勁強勢，但行情不大）

圖表3-39　調整浪的辨認與計算

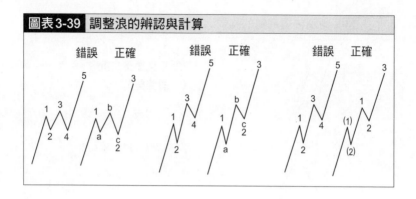

圖表3-40　1942至1976年道瓊指數

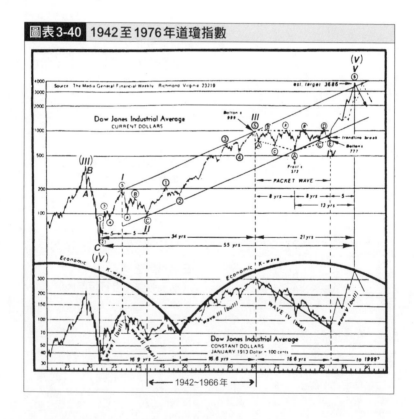

4…波浪幅度相等原則

在第一、三、五浪，三個推動浪中，其中最多只有一個浪會出現延長波浪，而其他兩個推動浪則約略相等。即使不會相等，仍會以0.618的黃金比律呈現互相關係。在較大級數的價格波動周期，浪與浪之間的關係，不能純粹以波動幅度比較計算，必須改用百分比值計算。

因此，在一個較大級數的波動周期，如圖表3-40，在1942年至1966年的道瓊工業平均指數中，初升段的第一浪，為期49個月，指數上漲了120點，約上漲129%；而在第五浪中，為期40個月則上漲438點，大約為80%（為129%的0.618倍），相對的第三浪，為期達126個月，上漲約324%。

在較小級數的波動周期，價格的比較可以用簡單算術來計算，其百分比也很接近。以1976年的情況而言，我們可以發現，第一浪在47個交易小時內道瓊上漲35.24點；而當第五浪時，道瓊在47個交易小時亦上漲了34.40點（圖表3-41）。

5…軌道趨勢

艾略特認為波浪理論的走勢，應該在兩條平行的軌道之內（圖表3-42）。

艾略特建議在較為長期的圖表，繪製時應使用「半對數圖表」，用以表示價格膨脹的傾向。以免在特別的高價圈中出現失真的圖形趨勢。

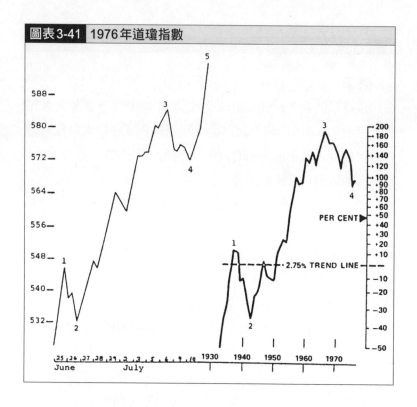

圖表3-41 1976年道瓊指數

　　「軌道」的繪製須在第一浪完成之後。即有了第一浪的起漲點「0」，與第一浪的最高點「1」。然後根據第一浪的漲幅（0至1）乘以0.618得到「2」的假設位置。

　　0.618的比率為波浪理論中，引用黃金律原理，所假設、判斷行情回檔之幅度。

　　在得到「0，1，2」等三個點之後，由0到2劃一條延長直線；另一條平行線則經過1點劃出，得到一個「軌道趨勢」（圖表3-43）。

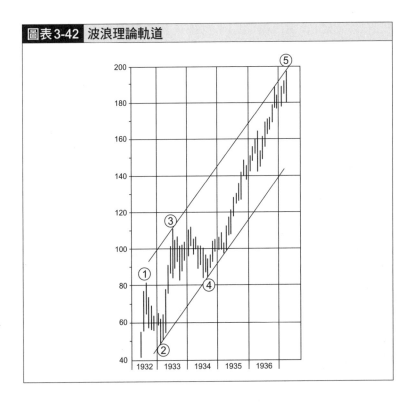

圖表3-42 波浪理論軌道

　　假若第二浪的低點，無法接觸到前面假設的支撐線時，便要有所修改（圖表3-44）。

　　當第三浪發動，若不能與上面的平行線接觸，或是超過，仍要加以修改（圖表3-45）。

　　第四浪的下跌調整，若仍有誤差，亦要重新修改。當依據2、4兩點與3的平行軌道劃出之後，即為最後正確的軌道（圖表3-46）。

　　在圖表3-46中，上平行線的決定，有時需要靠個人經驗。

在許多狀況下，由1繪製的平行線，其效果與意義大於經過3
所繪製的平行線。

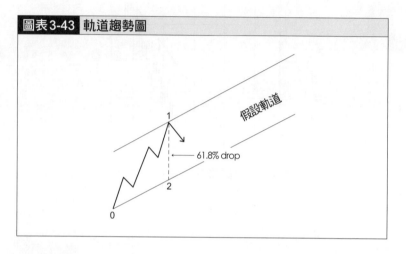

圖表3-43 軌道趨勢圖

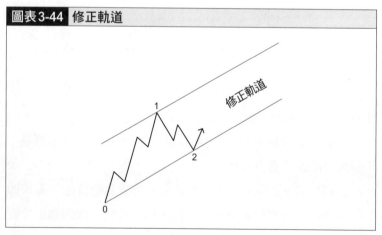

圖表3-44 修正軌道

圖表3-45 修正軌道

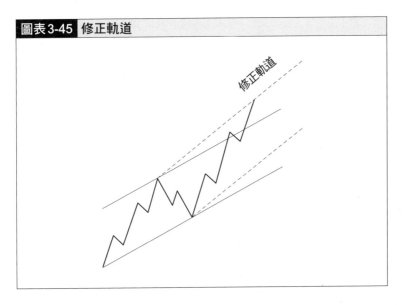

圖表3-46 最後軌道

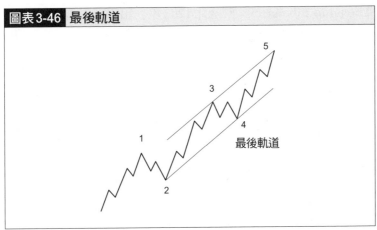

7·費波尼西數列（黃金分割率）

　　「黃金律」在自然界與美學中是一個相當重要的觀念，舉凡金字塔的建造、書本、紙張的長寬比例，均運用了「黃金律」的比例。而在自然界中，舉凡星相、生物繁殖等等，均與黃金律的數字有著相當大的關係。

　　而黃金律的學理，直至西元十三世紀，經由「費波尼西數列」（Fibonacci Sequence Number），才有完整的理論表述。

　　所謂「費波尼西數列」，為義大利數學家費波尼西（Leonardo Fibonacci）於西元1202年，出版《計算法》一書中，所發表之序列數字。這個「奇異數字」是由一序列前後相關的數字所組成：

　　1，1，2，3，5，8，13，21，34，55，89，144，………

這些數字有幾個特性：

①數列以1為起始點。

②每兩個連續的數字相加，等於第三個數字。

$$1+1=2 \qquad 1+2=3 \qquad 2+3=5$$
$$3+5=8 \qquad 5+8=13 \qquad 8+13=21$$
$$13+21=34 \qquad 21+34=55$$

③ 每個數字在比例上趨近於後面一個數字的0.618倍（除了前面四個數字外）。

$$8 \div 13 = 0.615$$

$$13 \div 21 = 0.619$$

$$21 \div 34 = 0.617$$

④ 每個數字趨近於前一個數字的1.618倍。

$$13 \div 8 = 1.628$$

$$21 \div 13 = 1.615$$

$$34 \div 21 = 1.619$$

⑤ 每個數字趨近於其前第二個數字的2.618倍。

$$21 \div 8 = 2.625$$

$$34 \div 13 = 2.615$$

$$55 \div 21 = 2.619$$

圖表3-47　費波尼西比例表

DENOMINATOR \ NUMERATOR	1	2	3	5	8	13	21	34	55	89	144
1	1.00	2.00	3.00	5.00	8.00	13.00	21.00	34.00	55.00	89.00	144.00
2	.50	1.00	1.50	2.50	4.00	6.50	10.50	17.00	27.50	44.50	72.00
3	.333	.664	1.00	1.667	2.667	4.33	7.00	11.33	18.33	29.67	48.00
5	.20	.40	.60	1.00	1.60	2.60	4.20	6.80	11.00	17.80	28.80
8	.125	.25	.375	.625	.1.00	1.625	2.625	4.25	6.875	11.125	18.00
13	.077	.154	.231	.385	.615	1.00	1.615	2.615	4.23	6.846	11.077
21	.0476	.0952	.1429	.238	.381	.619	1.00	1.619	2.619	4.238	6.857
34	.0294	.0588	.0882	.147	.235	.3824	.6176	.1.00	1.618	2.618	4.235
55	.01818	.03636	.0545	.0909	.1455	.236	.3818	.618	1.00	1.618	2.618
89	.011236	.02247	.0337	.05618	.08989	.146	.236	.382	.618	1.00	1.618
144	.006944	.013889	.0208	.0347	.05556	.0903	.1458	.236	.382	.618	1.00

⑥每個數字趨近於其後第二個數字的0.382倍。

$$8 \div 21 = 0.381$$

$$13 \div 34 = 0.382$$

$$21 \div 55 = 0.382$$

從以上四個主要比例數字，可以演算出以下的比例關係：

① $2.618 - 1.618 = 1$

② $1.618 - 0.618 = 1$

③ $1.000 - 0.618 = 0.382$

④ $2.618 \times 0.382 = 1$

⑤ $2.618 \times 0.618 = 1.618$

⑥ $1.618 \times 0.618 = 1$

⑦ $0.618 \times 0.618 = 0.382$

⑧ $1.618 \times 1.618 = 2.618$

費波尼西數列與黃金律在波浪理論上的應用，包括了時間周期與波段幅度的計算與預測。

1…以「費波尼西數列」在時間周期的預測

艾略特在波浪理論中，一再的強調「自然法則」，從波浪的數目可以發現與「費波尼西數列」相當吻合。每一個波動周期是以八浪完成，其中五浪上升，三浪下跌；較大波動周期有八十九浪；更大的級數有一四四浪，均在數列之中。

此外，艾略特將1921年到1942年，與「費波尼西數列」

相符合的重要轉捩點分析如下：

1921年至1929年	8年
1921年7月至1928年11月	89個月
1929年9月至1923年7月	34個月
1932年7月至1933年7月	13個月
1933年7月至1934年7月	13個月
1934年7月至1937年7月	34個月
1932年7月至1937年7月	（5年）55個月
1937年3月至1938年3月	13個月
1937年3月至1942年4月	5年
1929年至1942年	13年

理查‧羅素在1973年的《道氏理論通訊》又增補了部分時間周期上的實例：

1907年崩潰低點至1962年崩潰低點	55年
1949年主要底部至1962年崩潰低點	13年
1921年蕭條低點至1942年蕭條低點	21年
1960年1月頂點至1962年10月底部	34個月

韋特‧華德（Walter E. White）於1968年的著作中，預測1970年將出現重要的浪底低點，其理由如下：

1949＋21＝1970

1957＋13＝1970

1962＋8＝1970

1965＋5＝1970

　　事實果真於1970年5月出現了反轉低點。若以1928年以及1929年的兩個頂點為標準，則又可以「費波尼西數列」計算出一些重要的年史：

1929 ＋ 　3 ＝ 1932　　熊市底部

1929 ＋ 　5 ＝ 1934　　調整底部

1929 ＋ 　8 ＝ 1937　　牛市頂部

1929 ＋ 13 ＝ 1942　　熊市底部

1928 ＋ 21 ＝ 1949　　熊市底部

1928 ＋ 34 ＝ 1962　　崩潰底部

1928 ＋ 55 ＝ 1983　　大循環期頂部

　　而類似的方法又可以1965年與1966年的循環周期頂點，計算未來走勢：

1965 ＋ 　1 ＝ 1966　　頂點

1965 ＋ 　2 ＝ 1967　　回檔低點

1965 ＋ 　3 ＝ 1968　　次級頂點

1965 ＋ 　5 ＝ 1970　　崩潰低點

1966 ＋ 　8 ＝ 1974　　熊市底部

1966 ＋ 13 ＝ 1979　　9.2年及4.5年的周期低點

1966 ＋ 21 ＝ 1987　　大循環期低點

2…「黃金律」在波段幅度的計算

　　在波浪理論中，每一波浪之間的比例，包括波動幅度與時

間長度的比較，均符合「黃金律」的比例。對於技術分析者，這是一個相當重要的參考依據。除了在第六節中，提到的「波浪幅度相等原則」外，黃金律的比例分析，有下列經常出現的原則：

①第三浪波動幅度，為第一浪起漲點至第一浪最高點間幅度的某一「黃金律」比例數字，包括0.382、0.5、0.618、1、與1.618等，類似的比例幅度（圖表3-48）。

②第二浪的調整幅度，約為第一浪漲幅的0.382、0.5與0.618倍之幅度（圖表3-49）。

③在調整浪中，C浪與A浪間的比例，吻合黃金律。通常C浪長度為A浪的0.618倍（圖表3-50）。在某些狀況下，C浪的底部低點經常低於A點之下，為A浪長度的1.618倍。

④第一浪至第五浪的完整波浪幅度，其可能的極限約為第一浪漲幅的3.236倍。

圖表3-48　第三浪的調整幅度

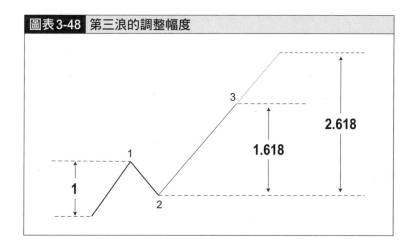

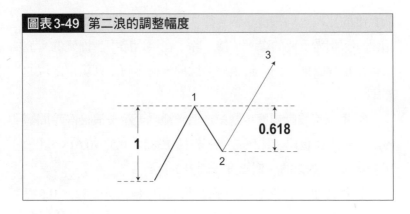

圖表3-49　第二浪的調整幅度

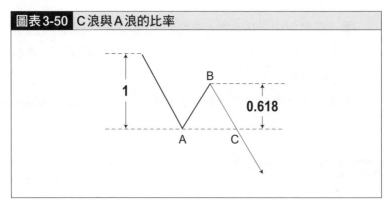

圖表3-50　C浪與A浪的比率

　　⑤在傾斜三角形中的震盪走勢，每一浪長度為前一浪的
0.618倍。

　　⑥第五浪的漲幅，亦有可能為第一浪至第三浪全部漲幅的
1.618倍。

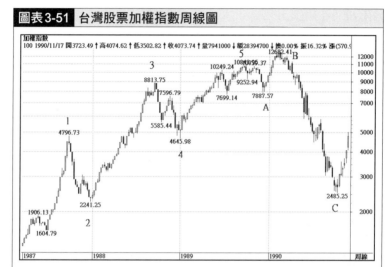

圖表3-51　台灣股票加權指數周線圖

假設：第1浪是由636點為起漲點，至1987年底的4,796點（收盤指數
4,673點）為第1浪高點，共漲4,037點。乘1.618倍，與第3浪實際的高點
8,813點相差不大。5浪的結束，出現在1989年9月的10,843點（另一種計
算，仍以421起漲，8,813為第5浪結束。此後則為穿頭破底的調整形態。
穿過8,813點的頭部至12,682點後，向下跌破4,645點的底部）。

8●波浪理論摘要

　　①一個完整的價格波動周期，包括了八浪，其中五浪為上
升的推動浪，三浪為下降的調整浪。

　　②劃分為五浪的上升趨勢，僅屬於一個較大周期趨勢的部

分階段（次級浪）。

③調整浪劃分為三浪。

④兩種較簡單的調整浪形態，為：「曲折形」五—三—五與「平緩形」三—三—五。

⑤三角形的調整形態通常在第四浪出現，即在最後第五浪之前出現；亦可能在調整浪的B浪中出現。

⑥波浪可以結合，組成更大周期的波浪，亦可細分更小的次級波浪。

⑦通常一個推動浪出現延長波浪，其他兩個推動浪的幅度與時間則相等（對等原則）。

⑧「費波尼西數列」（黃金律）的運用為波浪理論的數學計算基礎。

⑨波浪的數目與「費波尼西數列」相符合。

⑩「黃金律」的比例常為行情回檔的幅度測量依據。

⑪第二、第四浪的調整形態不會一致，此種「交替原則」可以警告投資人行情並非一成不變。

⑫熊市中，調整的底部不會低於第四浪低點（在延長波浪出現的狀況下，為特例）。

⑬第四浪低點不會低於第一浪高點（在期貨市場則並非一定如此）。

⑭波浪理論依其重要順序，以形態為最重要，其次為比例與時間。

⑮波浪理論主要使用於綜合平均指數，對於個別股票，其功能未必顯著。

⑯波浪理論較適用於投資人大量參與的股票、商品期貨。

⑰在商品期貨與外匯市場中，波浪理論有較為差異的原則
存在（日幣的多頭市場，即為美元的空頭市場。此時推動五浪
與調整三浪的區別原則即有變化）。

第 **4** 章

波浪理論的運用

可以說，無法精通「波浪理論」，就無法成為真正的技術分析專家。波浪理論又可說是最難了解，也最難以運用的技術。

在技術分析的研究與學習中，非常忌諱鑽牛角尖的心態，有時要如《倚天屠龍記》中張無忌學太極拳的情形，不要勉強鑽研，不要過於注意細節，隨時能把枝節條文忘掉，記住其精神意涵。而最基本的波浪理論摘要，學習、研究波浪理論的人，一定要將它熟記。

1·波浪理論的觀念運用

曾有人說：「認識波浪理論之後，用與不用均屬愚蠢。」這句話可以做為最佳註解。

此種講法的出現，可能是因為波浪理論太難研判，也太難掌握。不同看法的專家有不同的計算方法，各執己見，甚至互相攻詰。而一般人對波浪理論的看法，也多認為是事後諸葛；事實上也很難做到事前的預測，讓人徹底信服。

做為一項市場趨勢的解讀工具，波浪理論提供的是對於市場的體會認識，而非策略規範；實際面的執行策略則是由人而生，由心而生。

市場永遠存在許多變數，人心更是爾虞我詐，但是萬變不離其宗；大環境、大趨勢總有必然性的存在。如果不能體會市場的確實走向，就很難擬定適當的操作策略。

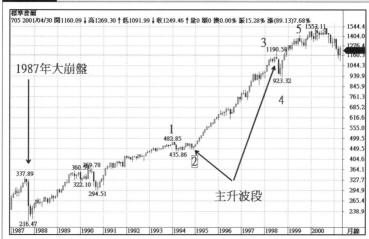

圖表4-1　美國標準普爾500指數月線圖

很多人認為台股波段難以認定，更難的其實是美國股市近幾年的波浪區分。
即使是波浪大師派瑞特都出現了難以置信的失誤。究其原因，正如編著者前
述，波浪理論是解讀市場的工具，既然解讀的人多了，自有其變化出現。其
次，很多人一廂情願地認為美國景氣甚差，沒有理由大漲。其實趨勢是穩定
的，不管如何解讀市場，都不能違反順勢原則。
1995年初美股向上突破長達一年的高檔盤整區，展開主升波段第三大浪的
攻擊走勢。1987年的大崩盤顯然僅是順勢調整浪的A浪。整個調整浪直到
1990年的294.5點才告結束。

　　如易經繫辭傳的一句話：「吉凶悔吝者，生乎動者也。」
理有必然，勢必有徵；所有的成敗，完全在一個「動」的徵
兆。研究技術分析、波浪理論的目的，其實就是尋找「動」的
徵兆、「動」的意義，進而思考未來的趨向。
　　如果不經縝密思考，那麼學習波浪理論，大約也如多數人
讀《易經》一樣，有讀沒有懂。最後的心得則是，學波浪理論

的人都淪為波臣了！

當然，波浪理論並未談到過多的規範原則。以理論內容來講，只是描述交易市場內的各種結構變化，也未談及如何操作。

實際上的操作策略與規範，需要投資人綜合相關技術理論中的技巧、觀念，來釐訂自己的操作準則。正如軍隊要有基本的戰略原則、戰術準則，這也是投資人不可缺少的基本素養。

2 · 台灣股票加權指數：波浪結構之一

1994年因為兩岸關係的緊張，加權指數從7,228點的最高點開始逆轉。在第一次的大跌直接回測到5,916點，然後在努力的支撐後，從第二次的最高點7,180點重挫到4,474點。

之前從3,098點到7,228點，可以很明顯的看到五浪攻擊的形態。此後回跌，則以5,916點做為下跌的A浪，次高點7,180點為反彈B浪，C浪低點則是落在4,530點；因為主跌的波段幅度過大而且有超跌的現象，所以在最後的下殺，是以失敗浪的走勢出現。從7,228點起算至4,530點，前後為期59周，下跌2,757點，跌幅38.1%。下跌幅度則是前一波從3,098點到7,228點的66.7%。

由於當時仍在風聲鶴唳當中，因此在落底走勢完成後，仍

然無法立即有效的反攻，甚至第一浪的攻擊都無法突破第四浪的最高點 5,265 點，最高只有達到 5,209 點，而且回落的低點 4,672 點甚至與前波低點相當接近，表現得相當岌岌可危。

　　然而在鎖定金融股強力反攻後，就直接突破了長達八個月的反壓關卡，直接攻擊到 6,200 點附近。由於具備了長達八個月的大底部，而且出現強勢的攻擊動作，因此後續的上漲空間不可以小看。6,237 點因而只能算是第一浪當中的第三小浪，這個第一浪整個波段的結束則是落在 7 月的 6,624 點。

　　在第一浪高點見到了以後，加權指數以八周的時間進行「平緩式調整浪」的整理，然後進而發動第三浪的攻擊。第一

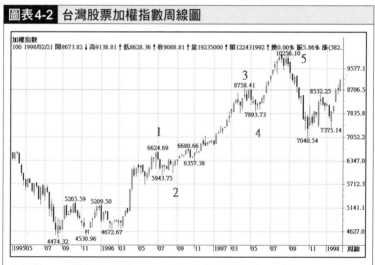

圖表4-2　台灣股票加權指數周線圖

大盤從 7,228 點下挫，最低 4,474 點，但實際上的波浪結束是以失敗浪出現的 4,530 點。第一小浪從 4,530 點到 6,624 點。

浪從4,530點上漲至6,624點共計2,094點，漲幅46.2%。

　　在這邊可以看出波浪理論亦非十分完美，波幅的計算不見得符合黃金比率。第一浪上漲2,094點是整個大波段下跌幅度的75.9%。由於此一波段的攻擊重心擺在金融股，而且有特殊的政治性考慮，因此走勢、幅度不能以一般觀點相提並論。當時控盤者最基本的考慮，還是以形態的反壓為主，主要是在閃避1995年上半年的盤整區反壓。

　　往後的第三浪，逐漸以基本面表現傑出的電子類股當作攻擊重心，加權指數8,758點開始進行第四浪的回檔休息。整個波段從5,988點上漲了2,770點，漲幅46.2%。

　　由於「第三浪不是最短的推動浪」，因此可以從回檔最低點7,893點推測，往後最高點落在等長的幅度10,663點之下。爾後最高點分別是10,167點、10,256點，表現完全符合「第三浪不是最短的推動浪」的原則。

3·台灣股票加權指數：波浪結構之二

　　從3,098點到7,728點，以及4,474點（4,530點）到10,256點，可以清楚的看到這兩個大波段的走勢，完全符合波浪理論五浪推升的原理。

　　但是到了10,256點以後，按照波浪理論的規範，第四浪低

圖表 4-3　台灣股票加權指數月線圖

從 1993 年開始到 2000 年的三個攻擊波段，本身都是以五浪的衝擊形態出現，因此這是一個完整的大型結構。在波浪理論的基本原則上，第四浪低點（5,422 點），應該不能低於第一浪的最高點（7,228 點）；但是在反彈調整浪的 C 浪則不受此限制。因此 3,098 點到 10,393 點可以說是屬於起自 12,682 點空頭大趨勢的大調整動作。

點必然要高於第一浪的最高點（7,228 點）的原則，顯然此後的跌勢出現了超跌、不合理的現象。

　　當然此時發生了第一次的亞洲金融風暴，讓整個下跌的幅度加深，但是這個為期長達 75 周，下跌到 5,422 點的跌幅，卻讓波浪理論的信徒頗感失落。而且從高檔下殺到 5,422 點的過程，也難以完全符合波浪理論架構。

　　假如就「事後諸葛」的觀點來看，雖說第四浪低點不得低於第一浪最高點，但也允許例外情況；也就是在 C 浪當中，可

以出現這樣的走勢。如此一來，就必須假設從3,098點到往後的10,393點，仍然是屬於12,682點以後的大調整浪走勢。

　　因此亞洲金融風暴以後，加權指數跌到5,422點的走勢，也是可以接受的發展。但是如何因應此種大幅度的重挫，是原始波浪理論當中頗有缺失的地方。

　　就事實來說，波浪理論的架構，從未詳細的談及波段的內涵，也就是基本面條件、價量的配合。這種缺憾，就是很多市場主力無法認同的地方。甚至，亞洲金融風暴、兩岸危機等政治面所造成的重大影響，也無法以可接受的論點加以闡述。這

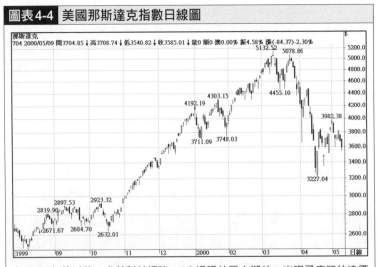

圖表4-4　美國那斯達克指數日線圖

在1999年終以後，尤其對於網路、3G通訊的巨大期待，出現了瘋狂的追價飆漲走勢，與加權指數當年狂奔萬點的走勢相似，潛藏著重挫的危機。基本上還是走完波浪的基本結構。

些缺憾都是學習波浪理論者必須加以克服的地方。

　　如果這個部分能夠克服，波浪理論有著無比的研判優勢。比如2000年加權指數的最高點10,393點，以波浪理論來應對即具備足夠基礎，可以輕易地掌握到大反轉的徵兆。

　　從5,422點開始，加權指數這個第五浪的第一小浪在8,710點結束，歷經了「兩國論」、「921大地震」的打擊後，展開第三小浪的攻擊直達10,393點。接著因為總統選舉的變天，大盤先是以急殺下挫到8,250點，然後急拉到10,328點結束整個大波段的走勢。

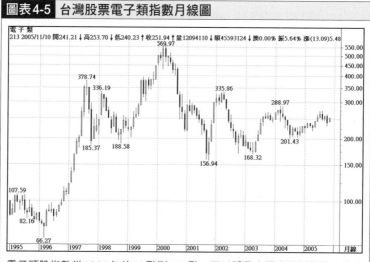

圖表4-5　台灣股票電子類指數月線圖

電子類股指數從1996年的66點到378點，可以說是大幅度衝刺的第三浪走勢，漲幅高達472%，推升周期前後18個月。最後的第五浪則是從188點推升到569點，漲幅202%，前後為期19個月。

急殺急拉的走勢，可能會讓大多數人措手不及，但是波浪理論本身即是研究長期走勢的研判，因此事先就能警惕到五浪結束的訊息。以電子類指數來說，五浪結構就表現得非常清楚。

當時那斯達克指數在5,132點見頂，也是醞釀著重挫危機，完全符合波浪理論的精神。

而且加權指數既然在1999年最低點5,422點跌破了第一浪的最高點7,228點，即可警覺到當前10,393點的高點還是位於12,682點之後的調整浪。也就是假設自從1990年加權指數見到了歷史性高點12,682點之後直到2000年的10,393點都只是空頭修正波段的反彈高峰。第一個反彈的大A浪從2,485點到6,365點，1993年初下殺到3,098點是大B浪，整個3,098點到2000年的10,393點是個擴延大C浪的結束。因此從10,393點開始回檔的假設，就潛在有更大波段的下殺，用以對應12,682點到2,485點的走勢，保險來說5,422點必破無疑。

在1990年加權指數從12,682點到2,485點，跌幅80.4%。因為2000年的最高點沒有創新高，大約差距兩成；因此以平緩形調整浪的觀點來看，預估大波段的低點應該在2,485點之上，而且務必守在3,098點以上，才符合形態的表現。實際最低則是來到了3,411點。

在2001年9月加權指數最低3,411點，剛好是遇到美國911恐怖攻擊事件，直接利用重大利空測試底部，此後大盤走勢即進入另外一個新階段。

4 ● 從波浪理論看台股2006年到 2012年的走勢

在2004年3月19日的兩顆子彈出現後，政治局勢再對台股造成重大衝擊，致使陷入相當長的下跌修正周期。這種頹勢一直到2005年的12月6日，才在「物極必反」的不變定律下，趁執政黨三合一選舉大敗撥雲見日。

正如前面所提，傳統波浪理論從未探討到經濟基本面對於行情趨勢的影響。但從這幾年台股走勢更可清楚看到，政治面變動一定會影響到經濟表現，而經濟表現左右股市的興衰起伏。2000年台灣政局變天與2004年的319槍擊案，無不重重地影響到台股走勢，而這種因果關係正是傳統波浪理論的最大缺憾。也因為如此，國內外的波浪理論大師，經常會出現致命的研判失誤。以權威大師羅伯・派瑞特來說，從1990年代就一直對美國股市缺乏多頭信心，這種觀點就是疏忽了蘇聯共產集團解體後，世界資金流向的影響力。

2005年12月6日的選舉，可以說是關鍵性的轉變，掃除了長期性資金對於前景抱持的陰霾心態，開始出現積極買盤。尤其是加權指數8月高點關卡6,481點有效突破後，波浪結構的詮釋有了更確切的研判條件。

稍早在2004年的總統選舉前，加權指數來到最高7,135

點，短線進入休息盤整後，隨即受到兩顆子彈的致命性打擊，從此陷入長達一年多的回檔整理周期。這種漫長的來回整理走勢，對於追求近利的專家、投資人來說，的確是一個迷惘期。除非能夠放大眼光，否則失誤難免。

以波浪理論來解析大趨勢，未來最樂觀的假設就是以2001年911恐怖事件發生後的最低點3,411點做為大空頭的結束；次年的6,484點是大多頭的第一大浪，而2005年的7,135點僅僅是第三大浪的第一中浪。這種研判角度預期未來股市非常樂觀，第三大浪的第一中浪從3,845點起漲到7,135點，漲幅高達85％；以此推估，第二中浪的結束落在2005年10月28日的5,618點，第三中浪以等長幅度計算，目標恰好落在前波最高點10,393點。當然這種預測不免受到政治、經濟面的左右；世事多變化，這樣的樂觀預期目前可能言之過早。

但以宏觀角度來看，從3,845點到7,135點大漲以後，歷經多次的回檔整理，加權指數大都守穩在大漲波段的中價5,490點之上，這種結構表現對於多頭比較有利。其次，大選過後帶量突破盤整區的反壓關卡6,481點，此時這種來回盤整在形態上反而構成非常堅強的後防陣地，有利於多頭後續攻擊。

從中價基準來看，加權指數在2005年8月最高已經兩度突破7,135點以來的中價6,195點，呈現明顯的攻擊量能，就算短期內在7,135點或有反壓，但整體架構已經具備進一步挑戰新高的條件與實力。

在6,481點沒有正式突破之前，以波浪理論來詮釋台股走勢仍有變數。假設7,135點是整個空頭趨勢的反彈C大浪，也就是

圖表4-6　台灣股票加權指數周線圖

就傳統的波浪理論架構來說，很難區分台灣股市的波浪走勢，這種現象應該歸諸於政治性的干擾，以及長久以來政府很明顯的在市場上進行干預。在這種情況下，細部波浪很少看到規規矩矩的推動浪、調整浪，市場的控盤主力也僅能在有限的條件下區間來回運作。從圖例上可以看到，美伊戰爭開戰前，加權指數最高5,141點，受至於6,484點與3,845點的中價反壓（圖中水平線），在這種前景不明朗的情況下，主力也不願意冒然突破中價關卡；直到確認沒有太大的風險後才一舉突破過關。

從中價關卡的角度來看，7,135點以後的回檔最低5,255點，小破3,845點以來的中價5,490點，但是以近期最低3,411點來說，中價關卡是落在5,273點。很明顯的，以市場主力、大戶的觀點，大方向並不是太悲觀。因此波浪架構上可以從比較樂觀的角度來解釋。也就是3,411點到6,484點是多頭市場的第一浪，3,845點則是第二浪的低點。因為回檔破了前波高點6484點，因此從3,845點至7,135點則是第二浪的第一中浪的走勢。因為兩顆子彈的影響過大，第二中浪形成了大盤整的格局，直到5,618點以後才具備了確認調整結束的初步條件。而且6,481點的突破，型態上對多頭更加有利；目前唯一缺乏的條件，則是週線的成交量，尚不足以宣告有資格突破7,135點（圖中的周成交量偏低）。以目前來說，要匯聚更大的人氣製造量潮，重要的還是要有經濟政策上的大突破。

10,393點到3,411點的ABC浪調整結束。依照這個假設，A大浪落在2002年的6,484點，B大浪則是落在當年10月的3,845點，回檔幅度為前波漲幅3,073點的85.8%，7,135點即是C大浪的高點。下殺到3,845點的B大浪這種跌勢，配合7,135點以後的重挫，很容易讓人有反彈結束的想法。因為依照波浪理論，第四浪的低點不得低於第一浪高點的原則，從7,135點的回落，連番殺破前波高點6,484點，讓7,135越來越像是C大浪。

但是經過一年多的來回下殺，中價關卡雖一度跌破卻有效守穩。加上10月底從5,618點急速翻揚，帶量向上突破反壓，這種空頭假設已經越來越沒有機會成立。

就主力大戶的心態來說，行情守穩在中價之上，代表主力大戶對未來並不悲觀。2005年8月會從6,481點下殺到5,618點，是反應當時有些法人機構預測台灣經濟成長率在2006年可能向下修正到2.8%，加上三合一選舉的風險變數，因而向下壓低以求降低風險。

當經濟成長率向下修正的機率逐漸降低，而選舉結果愈趨明朗，主力大戶開始積極介入。主力大戶就是要具備超越群眾的前瞻眼光，能夠判斷未來半年、一年的經濟成長率變化，甚至準確預估選舉結果。熟悉主力心態及其手法的人，其實就可以從7,135點的走勢提早警覺到選舉潛在的風險變化；接近主力的公眾人物就在電視訪問宣稱7,000點就把股票賣光，還謙虛說沒賣到好價位。

結果事實證明，主力大戶藉著每個月各項經濟指標數值，預測經濟成長率應比預估的2.8%高出五成以上，因而積極介

入拉抬。以2005年第四季經濟成長率來說，有些主力早在2006年元旦就估出可能達到5.0%的成長。

其次，藉由三合一選舉的結果，更多市場人士已經開始規畫未來的投資。真正的長線投資，實際上是看未來二年、三年或更長。這個選舉結果雖然沒有足夠條件確認台灣經濟絕對會更好，但是可以確信的是最壞、最惡劣的情況已經過去，至少不會變得更差，不再有何去何從的茫然。只要方向確立，資金就會湧入市場，股市更加活絡的趨向也就會越來越明顯。因此，從經濟面和政治面來說，第三大浪的第三中浪再度挑戰10,393點並非不可能。

加權指數從1990年歷史高點12,682點以後，到2000年的3,411點，前後走了十一年空頭。上市公司資本總值從4兆元到12兆元，走勢仍然壓抑在7,000點以下，很明顯的是受到政治干擾的成分居高，如果有機會引發潛藏在民間的財富，那麼再度挑戰12,682點絕對是輕而易舉的事情。尤其台灣經過這幾年的空轉，外匯存底竟然沒有明顯的減損，可見民間累積的財富相當雄厚。這種實力就是台灣的本錢。

任何事情都是有利有弊，大三通是好是壞，民間目前已有共識：壞也壞不到那裡去；香港、澳門都是顯例。漢城奧運和世界盃足球賽，在經濟發展上帶給韓國的好處眾所皆知，因此2008年北京奧運，更是帶領大陸進入另一個階段的標竿。假如兩岸關係未來有所突破，台股再度出現飆漲到萬點的瘋狂走勢也不是不可能，在民識已開的台灣或許難以再現，但是壓抑十幾年的走勢總有爆發的一天。

假設3,411點是國內股市空頭回檔的最低點，第一大浪在6,484點以後出現急拉後的重挫，是正常的波浪表現。1929年美股崩盤以後的第一大浪，也是伴隨著跌幅高達八成的回檔。第三浪因為突破6,484點幅度不大，隨即出現明顯大回檔，沒有充分的表現出第三大浪應有的剽悍幅度，因此只能假設為第三大浪的第一中浪，未來仍有第三中浪與第五中浪，才是完整的第三大浪。因此整個第三大浪的完成，可以用第一大浪的漲幅進行初估。

第一中浪從3,845點到7,135點漲幅3,290點，即85%；以這個幅度從2005年10月28日的5,618點等比率計算，目標落在10,393點，剛好是2000年的最高點；以點數漲幅計算則是落在8,908點。這兩個目標是否達成，仍取決於經濟政策與實質經濟表現。但不管如何，以台灣人的智慧，如果善用兩岸關係發展，加上民間的智慧與財富，進一步作更高預期應該不是夢想。假如沒有太大變化，大陸經濟榮景可望持續到北京奧運以後，甚至2012年。在此之前，台灣壓抑已久的爆發力，應該有機會挑戰比12,682點高出一大截的行情。

5·波浪理論的缺憾

當世波浪理論大師羅伯·派瑞特，自從1987年預測美股大崩盤獲得大勝以後，一直對美國股市的前途抱持著悲觀看法，

而且一直沒有正式修正。即使在2000年美股從道瓊指數11,750點重挫到2001年8,062點的時候，他都認為道瓊指數將要回測6,000點左右的水準。但事實上，911恐怖攻擊之後，道瓊指數的最低點也不過是7,197點。這麼重大的預測失誤，似乎反映出波浪理論的原始架構尚有不足之處。

就波浪理論的價值而言，編著者在1999年底，道瓊指數跌破9,976點的頸線大關卡時，能夠預測出道瓊指數暫時不至於大跌，美國股市將以那斯達克指數為攻擊重心繼續推升，進行最後一浪的強勢攻擊；甚至預測那斯達克指數將在5,200點附近，出現類似加權指數12,682點的大崩盤。

情勢發展如同預期，那斯達克指數在2000年3月最高5,132點出現大逆轉，2002年10月最低來到了1,108點，整體跌幅78.4%；與加權指數從12,682點下挫到2,485點的跌幅80.4%相差不大。當時編著者針對美股進行這樣的預測，是以波浪理論為主，預估那斯達克指數第五浪的波幅目標；其次則以類股輪動的結構，警覺到美國股市大反轉的可能性。因而在這個預測的經驗當中，可以發現波浪理論的研判必須要股市全面性的發展，要注意到市場攻擊的重心，以及操作的手法。

國內加權指數在挑戰12,682點的時候，是以當時最強勢的金融股為攻擊重心，全力衝刺；這種手法就跟後來那斯達克指數從4,000點附近衝刺到5,132點的表現並無兩樣。這種全力衝刺違反多頭市場的本質，雖然大快人心，卻是危機重重。

因此波浪理論的研判，要達到更高的精確水準，市場內涵的表現也是重要的研究重點。缺乏量價的搭配，是波浪理論有

所不足的地方。

　　其次，波浪理論以自然律為基礎，忽視基本面條件的影響。羅伯·派瑞特在1990年以後，一直抱持著謹慎保守的態度，忽略了當時因為蘇聯解體所造成的資金流動現象。

　　蘇聯解體後，剩下美國獨強，蘇聯與東歐的黑市資金幾乎全數轉往美國。這種高達數千億美元的資金挹注，加上乘數效應，自然對於美國股市、匯市有著無比的幫助。

　　這種基本面所表現的現象，也是傳統波浪理論當中所缺乏的一環。因此，有關量價、形態、基本面條件都是目前波浪理論必須要特別補強的地方。

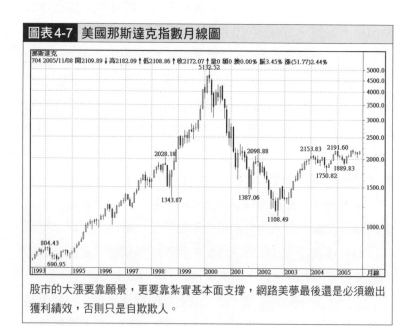

圖表4-7　美國那斯達克指數月線圖

股市的大漲要靠願景，更要靠紮實基本面支撐，網路美夢最後還是必須繳出獲利績效，否則只是自欺欺人。

第二部

技術指標分析

移動平均線

移動平均線是所有技術指標的基礎，任何非圖形分析的技術指標，都是以移動平均線的計算原理進行設計。

1‧移動平均線理論

在圖形分析的章節中，曾提及收盤價是商品價格在一天中的暫時結論，亦即多空雙方的暫時均衡價格。因此我們將一段時日的收盤價，加以平均，則可以得到這段時日多空雙方的均衡價格。

假設現在行情價在均衡價格（平均價）之上，意味著市場的買力（需求）較大；反之，行情在平均價之下，意味著供過於求，賣壓顯然較重。

以10日周期的移動平均線為例。將第1日至第10日的10個收盤價，累計加總除以10，即得到第1個10日周期參數的平均價；而將第2日至第11日的收盤價加總，一樣除以10則為第2個10日平均價；這些平均價的連線，即成為「10日移動平均線」。

以時間的長短而言，移動平均線可分為短期、中期、長期。一般而言，短期移動平均線指周期參數在10日以下的移動平均線；中期，則指周期參數在10日至30日間的移動平均線；長期，則指30日以上周期參數的移動平均線。這種周期界定的區分，其實因人而異。

圖表5-1　美國標準普爾500指數日線圖

標準普爾 MA2(200,50) MA200:1166.26 ↓ MA50:1144.44 ↑
705 2002/01/25 開1129.33 ↓ 高1138.31 ↓ 低1127.82 ↓ 收1133.28 ↑ 量0 額0 換0.00% 振0.93% 漲(1.13)0.10%

50日均線

200日均線

歐美股市喜歡運用200日的均線當作長期趨勢多空的基準，以50日的均線當作中期趨勢多空的基準。圖中可以看到美國股市在1995年以後展開長達六年的多頭走勢。在1998年雖然出現跌破200日均線的走勢，但是有形態上的支撐存在，回檔後還是重回多頭的走勢。

　　在歐美市場投資人或投資機構，非常看重200日的長期移動平均線，以此為年線，甚至當做多空基準，做為長期投資的依據：行情價格若在此長期移動平均線下，屬空頭市場；反之，行情價格在此長期移動平均線之上，則為多頭市場。

　　但是在台灣，比較傾向於以年線260日、半年線130日、季線65日與月線22日來當作研判的標準。

　　綜合長、中、短期的移動平均線，亦可研判市場的多空傾向。在一個持續上漲的多頭市場中，可以明顯看出長、中、短期移動平均線的排列組合。

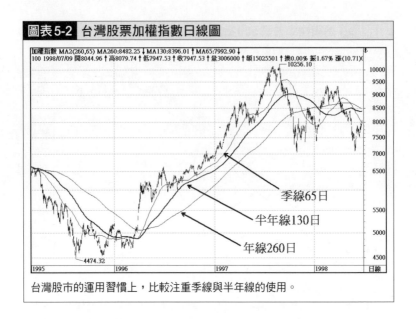

圖表5-2 台灣股票加權指數日線圖

加權指數 MA2(260,65) MA260:8482.25 ↓ MA130:8396.01 ↑ MA65:7992.90 ↓
100 1998/07/09 開8044.96 ↑高8079.74 ↑低7947.53 ↑收7947.53 ↑量3006000 ↑額15025501 ↑換0.00% 振1.67% 漲(10.71)(

季線65日

半年線130日

年線260日

10256.10

4474.32

1995　　　　　1996　　　　　1997　　　　　1998　　　日線

台灣股市的運用習慣上，比較注重季線與半年線的使用。

　　在多頭市場當中，行情價格（收盤價）位在短期移動平均線上；短期移動平均線又高於中期移動平均線；中期移動平均線又高於長期移動平均線。這種表現稱為「多頭排列」。

　　反之，空頭市場中，移動平均線的排列，由上而下依序為長、中、短期移動平均線，稱為「空頭排列」。

　　由於短期移動平均線較長期移動平均線易於反應行情價格漲跌的速度，所以一般又把短期移動平均線稱之為「快速移動平均線」，長期移動平均線則稱之為「慢速移動平均線」。

2 ● 移動平均線的種類與計算方法

移動平均線的種類可分為三種：(1)算術移動平均數；(2)加權移動平均數；(3)指數平滑移動平均數。

1 ··· 算術移動平均數

算術移動平均數（Simple Mathmatic Moving Average）是一種較普遍常用的移動平均數。通常我們所謂的平均數（Average），意指算數平均數（Arithmetic Average），計算方法為將一組數字相加後，除以該數據之組成個數。以連續5日黃金價格為例，其計算方法：

$$MA = \frac{C_1 + C_2 + C_3 + \cdots\cdots C_N}{N}$$

C_1：即第1日收盤價。

N：移動平均數周期，在此$N = 5$。

而所謂「移動」的平均數（Moving Average）係指以某日數為基礎周期（前例為5日），當新的數據（前例為第6日）加入後，則剔除基期中最前一日的數據（即第一日）。

由於算術移動平均數，並不計較基期中，某一日價格對未

來價格波動的影響份量，即將周期中每一日價格的影響力一視同仁，這種情況在統計學的理論上不盡合理。

事實上，依合理的觀點，在5日移動平均線的周期而言，第5日的收盤價對未來一日（第6日）價格波動的影響力，理應應大於第1日的收盤價。因此，為了反應這一個事實，有人運用加權的方式來補救算術移動平均數的缺陷。

2…加權移動平均數

加權移動平均數（Weighted Moving Average），加權的考慮如前述是基於移動平均數的周期內，最近一日收盤價對未來價格的波動影響力最大，因此賦予較多的加權份量。而加權的方式又可分為三種，即：「線形加權」（Linear Weighted）、「階梯式加權」（Step Weighted）與「平方係數加權」（Square Factor）。

①線形加權移動平均數

以五日周期為例，第1日的權數為1，第2日權數為2，第3日權數為3，第4日權數為4，第5日權數為5。計算方式為：（第1日收盤價×1＋第2日收盤價×2＋第3日收盤價×3＋第4日收盤價×4＋第5日收盤價×5）÷（1＋2＋3＋4＋5）即為五日的線形加權移動平均數。

$$MA = \frac{C_1 \times 1 + C_2 \times 2 + \cdots\cdots C_n \times N}{1 + 2 + \cdots\cdots N}$$

②階梯式加權移動平均線

此種計算方式是在選定周期（五日為例）之後，再選定每一階梯的日數（以2日為例）。計算方法為：〔（第1日收盤價＋第2日收盤價）×1＋（第2日收盤價＋第3日收盤價）×2＋（第3日收盤價＋第4日收盤價）×3＋（第4日收盤價＋第5日收盤價）×4〕÷（2×1＋2×2＋2×3＋2×4）即為五日的階梯式加權移動平均數。

$$MA = \frac{(C_1 + C_2) \times 1 + (C_2 + C_3) \times 2 + \cdots\cdots (C_{n-1} + C_n) \times (N-1)}{2 \times 1 + 2 \times 2 + \cdots\cdots 2 \times (N-1)}$$

③平方係數加權移動平均數

為線形加權之變化，即將每一加權數平方。其計算方式為：（第1日收盤價×1^2＋第2日收盤價×2^2＋第3日收盤價×3^2＋第4日收盤價×4^2＋第5日收盤價×5^2）÷（$1^2 + 2^2 + 3^2 + 4^2 + 5^2$）即為5日平方係數加權移動平均數。

$$MA = \frac{C_1 \times 1^2 + C_2 \times 2^2 + C_3 \times 3^3 + \cdots\cdots + C_n \times N^2}{1^2 + 2^2 + \cdots\cdots N^2}$$

3…指數平滑移動平均數

不管是運用算術移動平均數或加權移動平均數，所碰到的難題是個人需要儲存大量的數據資料，且在運算時複雜費時。比如運算200日的移動平均線，在前述兩者運算方法上，除了

需要儲存200日以上的數據之外，都需要電腦的輔助，否則吃力費時。而且這兩種方法孰優孰劣均無確論。指數平滑移動平均數（Exponential Smoothing Moving Average，ESMA或EMA）則可以解決前述兩者所遇到的難題。

以5日EMA為例，其計算方法是首先以算術移動平均數計算出第一個移動平均數，再以平滑公式計算第二個移動平均數：（第6日收盤價×1÷5）＋（前一日移動平均數×4÷5）。

$$EMA_t = \frac{C_t \times 1}{N} + \frac{EMA_{t-1} \times (N-1)}{N}$$

$$(EMA_6 = \frac{C_6 \times 1}{5} + \frac{EMA_5 \times 4}{5})$$

此外，指數平滑移動平均數可以加權形式加重。一般是加重最近一天（今日）收盤價的權數。如：EMA$_6$＝第6日收盤價×2÷（5＋1）＋EMA$_5$×4÷（5＋1）。即加重一倍最近一日的權數。加權的倍數因各人習慣觀點而異，但此種加權有畫蛇添足之嫌。

$$EMA_t = \frac{C_t \times 2}{N+1} + \frac{EMA_{t-1} \times (N-1)}{N+1}$$

$$(EMA_6 = \frac{C_6 \times 2}{6} + \frac{EMA_5 \times 4}{6})$$

指數平滑移動平均數的起算基期不同時，起算基期較晚的計算結果，會與起算基期較早的數字有所差異。比如從8月20

日開始起算五日EMA的人，其計算出的8月26日EMA數字，會與8月1日起算所得到的EMA不同。

這種差異在經過稍長一段時間的平滑運算之後會趨於一致。因此投資者在計算EMA時，或其他運用EMA技巧的技術指標（如：RSI或KD），如若計算出與他人不同的數字結果，不一定是個人運算有誤。

綜合三種移動平均線的運算方式後，可以發現指數平滑移動平均線EMA是較簡便的方法，一則省略掉儲存數據資料的麻煩，二則省略運算的勞心勞神。幾乎所有的統計性指標，均以EMA的技巧來運用、發展。

附記　均線計算方式的效果比較

　　在K線圖上附加一條均線即可產生許多參考意義。但看似有意義的均線運用，有時出現些許誤差，讓人覺得頗有缺憾。於是才有各種修正嘗試。除前述各種加權計算之外，有些人嘗試著將最高價、最低價、收盤價平均，得到所謂的「均值價」，用來取代原始的收盤價計算。

　　有些專家甚至將計算出來的均線往後遞延，以測試均線是否發揮更佳效果（混沌理論）。

　　就事實來說，均線既然是多日平均，不同的時空環境下波幅不同，誤差一定會出現，所以任何修正有其效果，但有時候則沒有作用。

　　以實際標線來說，10日的EMA跟20日的算術平均線

相差不多。各種加權計算的均線，其實跟某一參數的算術
平均線差不多。任何修正的計算結果，就跟一條10日的算
術均線與另一條11日的算術均線之間的誤差，本質上相差
不多。

　　因此，與其修正均線的計算方法，不如就均線本身的
操作策略，進行應用策略上的探討與分析。

3• 移動平均線的應用技巧

　　移動平均線的應用上，有許多技術分析專家各自提出不同
的技巧和方法。其中以技術分析大師格藍碧的「移動平均線八
大買賣法則」最為人熟悉；此一技巧根據股價（或指數）與移
動平均線之間的關係，做為研判根據。

　　然而光以股價與移動平均線的關係做為研判依據，常碰到
行情震盪幅度較激烈時，買賣訊號交叉過於頻繁與雜訊過多的
問題。因此，也就有人改以較短期的移動平均線，取代當日股
價，來與較長期的移動平均線配合研判；如此則可修正偶發的
震盪。

　　有人甚至運用三條不同周期的移動平均線，來作輔助與修
正。而移動平均線本身的條件，受限於反應較多天數的延遲效
果，針對短期的震盪，雜訊實在是過多，一般而言較不適合短

線操作，因為往往有假突破的情況。某些狀況下為了避免假突破的錯誤訊號，甚至可依商品的不同，在移動平均線的上下，各設定2%或3%的寬限程度，形成所謂「移動平均線軌道」作為修正之用。或以最高價、最低價計算的移動平均線，亦有同樣效果。

1…格蘭碧八大買賣法則

　　①平均線從下降逐漸轉為盤局或上升，而股價從平均線下方突破平均線，為買進訊號（圖表5-3）。

　　②股價雖然跌破平均線，但又立刻回升到平均線上，此時平均線持續上升，則仍為買進訊號（圖表5-4）。

　　③股價趨勢走在平均線上，股價下跌並未跌破平均線且立刻反轉上升，亦是買進訊號（圖表5-5）。

　　④股價突然暴跌，跌破平均線，且遠離平均線，則有可能反彈上升，亦為買進時機（圖表5-6）。

　　⑤平均線從上升逐漸轉為盤局或下跌，而股價向下跌破平均線，為賣出訊號（圖表5-7）。

　　⑥股價雖然向上突破平均線，但又立刻回跌至平均線下，此時平均線持續下降，則仍為賣出訊號（圖表5-8）。

　　⑦股價趨勢走在平均線下，股價上升並未突破平均線且立刻反轉下跌，亦是賣出訊號（圖表5-9）。

　　⑧股價突然暴漲，突破平均線，且遠離平均線，則有可能回檔整理，亦為賣出時機（圖表5-10）。

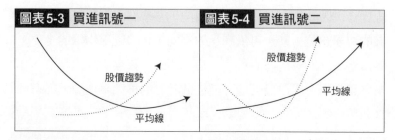

圖表5-3 買進訊號一

股價趨勢

平均線

圖表5-4 買進訊號二

股價趨勢

平均線

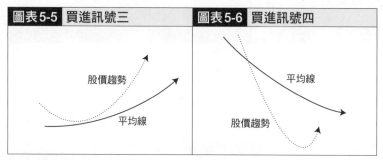

圖表5-5 買進訊號三

股價趨勢

平均線

圖表5-6 買進訊號四

平均線

股價趨勢

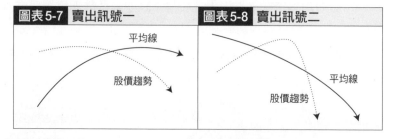

圖表5-7 賣出訊號一

平均線

股價趨勢

圖表5-8 賣出訊號二

平均線

股價趨勢

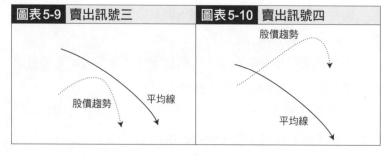

圖表5-9 賣出訊號三

股價趨勢

平均線

圖表5-10 賣出訊號四

股價趨勢

平均線

　　格蘭碧傾向於使用較長的周期，如200天的長期移動平均線。使用較長周期，較可修正、避免雜訊，但運用上仍不能固守上述之觀點與法則。

　　移動平均線形式上具有助漲助跌之說，但此種論調須視環境與時空因素而定，理論也並非全然成立。以200日移動平均線來說，第一次可能發生支撐（或阻力）作用，第二次就可能有截然不同的結果。此種差異，其實也是技術分析研究者的研究目標之一。

> **附記**
>
> 　　經過一段時期的驗證，格蘭碧在接受訪問時坦承八大買賣法則有其瑕疵，亦即第四個法則與第八個法則在運用上容易產生失誤。當一個強烈的上漲趨勢出現時，短線回檔有時相當短暫，此時若輕易賣出或放空，很容易失誤，投資人要特別小心。

2⋯移動平均線軌道的應用

　　投資者尚可利用移動平均線來預測一項交易的利潤與風險程度。

　　當股票或商品價格在趨勢線上呈鋸齒狀來回游動時，可以在主要的移動平均線（圖表5-11粗實線）的上下，決定出一個軌跡（即虛線範圍）。

　　在價位向上突破逸出軌跡時，即可買進做多。此時該軌跡

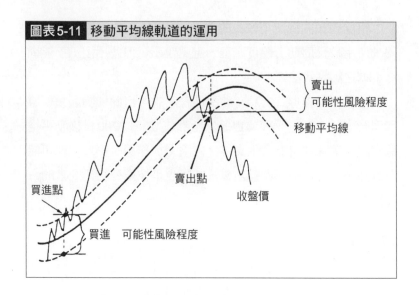

圖表5-11　移動平均線軌道的運用

的縱深，即是可能的風險損失，反之亦然。

　　個性大膽、敢冒險的投資人，也可在價位突破主要移動平均線時即行買進。但保守者應在行情走向明確時，即真正有效突破移動平均線的軌道，再進場。

　　無論買賣股票、期貨商品或者外匯，交易者本身即應具有風險評估的觀念。畢竟利潤愈大，風險的程度也愈大。如何衡量本身實力，以及利潤與風險，是交易之前應仔細評估的。

　　而移動平均線上下的軌道如何設定，端看使用者測試各種商品的特性。有人使用10日移動平均線分別乘以102%與98%做為上、下軌道；也有人在測試之後，使用101.6%與99%的比值設定。運用上，最重要的是各種數值的設定有一定的致勝機率，而且能夠搭配投資人的進出策略（圖表5-12）。

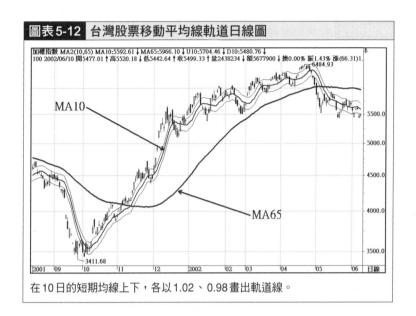

圖表5-12　台灣股票移動平均線軌道日線圖

在10日的短期均線上下，各以1.02、0.98畫出軌道線。

3…高、低價移動平均線

　　市場上的技術專家，也有人以最高價、最低價與收盤價計算其移動平均線。在一個變動激烈的市場中，投資者常常可以發現股價突然跌破主要的移動平均線，隨即回頭站上平均線。用最高價與最低價計算移動平均線，目的在於修正此種雜訊（圖表5-13）。

　　任何技術指標的使用，必須使用者長期印證之後，才可以從歷史法則中發掘出實用價值，而非盲目相信技術指標。每一種商品在經過時間的演變之後，自然有其獨特的歷史法則與慣性，歷史重演的機率相當高。

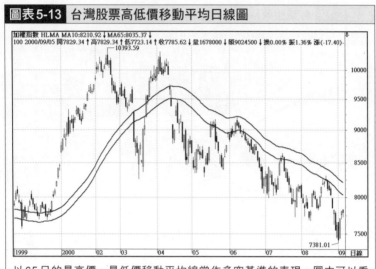

圖表5-13　台灣股票高低價移動平均日線圖

加權指數 HLMA MA10:8210.92↓ MA65:8035.37↓
100 2000/09/05 開7829.34↑高7829.34↑低7723.14↑收7785.62↓量1678000↓額9024500↓換0.00%振1.36%漲(-17.40)-
—10393.59

以65日的最高價、最低價移動平均線當作多空基準的表現。圖中可以看到，當加權指數從10,393點轉向後，一直壓制在高低價移動平均線以下。這種均線的應用可以當做大趨勢的研判參考。

4⋯長、短期移動平均線的配合使用

　　短期移動平均線（10日左右），所代表的是短期內多空價位平衡點，變動較為快速。長期移動平均線（30日左右）所代表的是長時間內的平衡點，變動較為平緩，投資者因此可以利用快、慢兩條不同速度的移動平均線來決定買進與賣出的時機（圖表5-14）。

　　當現時行情價位站穩在長期與短期移動平均線之上時，即為買進時機；跌破短期移動平均線時，即為賣出訊號，應將手上股票或商品的買倉平倉，待行情再跌破長期移動平均線時，

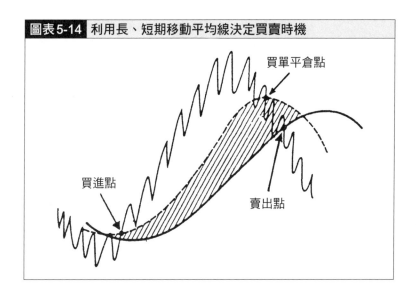

圖表5-14 利用長、短期移動平均線決定買賣時機

則放空新單。依照這個原則,投資者可以獲得穩定而且可觀的
獲利。在此所引用的10日均線與30日均線僅是參考,近年在
周休二日的變動下,均線參數的運用應該略作修改。

　　另一種較容易的策略,則是將兩條均線的交叉,當作買進
或賣出的決策點,也就是所謂的「黃金交叉」、「死亡交叉」。
圖表5-15就是利用「黃金交叉」顯示的買賣位置,均線參數設
定正確,通常都可得到大賺小賠的效果。

附記

　　黃金交叉的最佳參數,仍然要視時空環境來做修正。
以1995年來講,編著者針對各種參數交叉運算統計(包括
算數均線、平滑均線),獲利表現最佳的參數組合為算數

平均線的5、14日兩條均線；任何技術指標的交叉訊號要
有意義，通常要維持三倍的對比。近年來，國內大盤指數
每年上下波動的幅度有逐漸縮小的傾向，加權指數如果仍
然運用這個黃金交叉的參數，雖然仍有穩定獲利，但跟往
年相較，績效明顯受到壓縮。

　　針對長、短期移動平均線的交易策略，其實仍有相當多的
想像空間可供發揮，問題是如何思考出有用的策略。

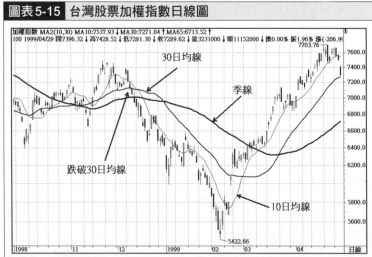

圖表5-15　台灣股票加權指數日線圖

行情價位跌破短期移動平均線，通常會在長期移動平均線獲得支撐。若長期
移動平均線也一併跌破，而無法立即拉回，使短期移動平均線與長期移動平
均線交叉，則大勢已去。

1998年北高市長選舉完畢後，加權指數直接殺破30日均線，演變成一路下
滑到5,422點的走勢。

　　假設一個人的交易觀念，能夠接受以長期均線（比如季線）當作多空的基準，那麼常常可以發現，當行情維持在季線之上時，運用短期的五日均線為切入買進點，常常會有更佳的獲利績效。反之，當行情低迷於季線之下，一旦跌破五日均線，常常是最佳賣點，甚至可以大膽放空。

　　以圖表5-16來說，即可發掘出大多數股票都經常出現的獲利良機，也就是當股價強勢向上突破季線以後，回檔到季線附近的時候，就是非常好的買進點。當然，能夠以強勢急拉然後弱勢回檔出現的走勢更漂亮，如果再輔助以成交量的研判，更是十拿九穩。

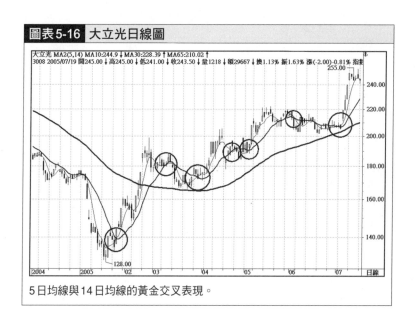

圖表5-16　大立光日線圖

5日均線與14日均線的黃金交叉表現。

5···如何決定移動平均線的周期日數

在運用移動平均線時，第一步首先須要決定移動計算的周期日數。

Mr. Hochheimer於1978年利用電腦計算算術移動平均線的買賣利潤，採樣是1970年到1976年間十三種商品期貨，均線的使用參數從3至70日不等。結果發現各種商品存在著不同日數的最佳組合（圖表5-17）。

圖表5-17 算術移動平均線的買賣利潤試算

商品	最佳平均線日數	交易次數	盈利次數	虧損次數	累積淨盈利或淨虧損
可可	54	600	157	443	$87.987
粟米	43	565	126	439	24.646
糖	60	492	99	393	270.402
棉花	57	641	121	520	68.685
白銀	19	1393	429	964	42.920
銅	59	432	158	274	165.143
黃豆	55	728	151	577	222.195
豆粉	68	704	148	556	22.506
小麥	41	480	124	356	65.806
豬腩	19	774	281	493	97.925
豆油	69	586	122	464	89.416
木材	68	372	98	274	1.622
活豬	16	1093	318	775	35.595

另外，根據美國技術分析專家R. C. Allen所提出的移動平均線運用技巧，即利用4日、9日、18日三條算術移動平均線，可以有效研判短線走勢。尤其是期貨商品的操作，此種組合值得深入探討。

另外在香港股市中，技術分析專家傾向利用10日、50日、250日三條移動平均線的組合。這就是以250日的長期移動平均線作為多空分界，而買進與賣出的訊號即以10日與50日來判斷。

① 買進訊號：

(1)當指數由下往上突破10日移動平均線。

(2)當指數由下往上突破50日移動平均線。

(3)當10日移動平均線向上突破50日移動平均線。

② 賣出訊號：

(1)當指數跌破10日移動平均線。

(2)當指數跌破50日移動平均線。

(3)當10日移動平均線跌破50日移動平均線。

技術分析專家會依其研究與經驗，使用不同的移動平均線周期日數，以及不同數目的移動平均線，其功用與效果也各自不同。

甚至雖然使用相同周期的移動平均線，卻有不同的操作策略與看法。主要差別在於使用者的研究、觀點及功夫深淺不

同。能否精確的運用移動平均線，端視投資人能否歸納出更精確的研判技巧，找出歷史重演的機率與周期，如此當然可以掌握更高勝算。

　　就經驗來說，市場愈是廣泛使用的周期參數，也愈有意義。比如說月線22日、季線65日的移動平均線，不管是在國內股市或國外金融市場，都具有參考價值。

4 · 移動平均線的優缺點

1⋯移動平均線的優點

　　①運用移動平均線理論，可以界定買賣交易的風險程度，將虧損的可能性降至最低。

　　②在行情趨勢發動時，買賣交易的利潤非常可觀。

　　③移動平均線的組合可以判斷行情價格的真正趨勢。國外某些波浪理論的專家經常用均線來確認波浪的級數與劃分。

附記

　　通常編著者建議投資人最起碼要運用季線（65日均線）來當做多空的基準，除非有更精確的參考依據。依照這個觀點，在季線之上只做多頭操作，不做空頭操作，順勢而且單方向操作；反之，季線之下，只做空頭操作而不做多

頭操作。但是空頭操作危險性略高，必須具備更多的判斷能力。依照這個基本原則，可以進而衍生出不同的操作策略。甚至可以搭配各種技術指標，比如當行情在季線之上，可以逢低找買點；當行情在季線之下，逢高找賣點。

2…移動平均線的缺點

①當行情出現牛皮、盤檔時，買賣訊號反覆頻繁，讓投資者疲於奔命，提防多空均不是，左右挨巴掌。

②移動平均線的最佳參數與組合，受制於時空因素，無從預先判斷或確認。

③單憑移動平均線的買賣訊號，無法給予投資者充足的信心，通常須靠其他技術理論的輔助。

附記

　　均線或任何運用均線原理設計的指標，都是落後的指標交易系統，無法事先判斷當時的行情趨勢是否展開。因此針對盤整區的出現是否能夠掌握，就必須依賴對於「股價趨勢形態」的掌握。技術指標的死角、盲點，除了以形態研判輔助外，通常無法依賴技術指標本身加以克服。

　　其次，即使是最佳參數的黃金交叉，當訊號出現時，行情已經離開最低點有一段距離，對於信心不足的投資人來說，也會畏懼。所以，兩線的黃金交叉既然會讓人猶豫不決，何況三條均線的翻紅、翻黑。

　　實際的操作上，避免運用太多均線當做參考依據。如果要追求操作上的精確度，在形態、量價與K線的研判上努力，才能得到比較確實的成果。

第 **6** 章

乖離率、MACD 及
逆時鐘曲線

1･乖離率BIAS

　　乖離率（Bias）乃是依據格藍碧移動平均線八大法則推演而成。其特性為：當股價距平均線太遠時，便會向平均線靠近，但它並沒有明示距離多遠時，股價才會向平均線靠近。這與股市的強弱程度有關；亦即在強勢多頭或弱勢空頭中，其股價距平均線之距離，也往往出人意料之外。因此為測量此一距離，於是發展出乖離率指標。

　　乖離率乃是表現，指數或個股當日收盤價與移動平均線之間的差距。其公式為：

$$乖離率 = \frac{C_t - MA_n}{MA_n}$$

C_t：當日指數或收盤價

MA_n：N日移動平均線

　　在移動平均線的章節裡，我們假設過，移動平均線為一段時日中，多頭與空頭力量的均衡點。乖離率所顯示的，即是股價與均衡點間，所表現的差異、乖離程度。距離越遠，則表示獲利回吐的可能性越大。乖離率的研判要點如下：

　　①乖離率可分為正、負乖離率，若股價在平均線之上，為正乖離；股價在平均線之下，則為負；當股價與平均線相交

時，則乖離率為零。正的乖離率愈大，表示短期間多頭的獲利愈大，則獲利回吐的可能性也愈高；負的乖離率愈大，則空頭回補的可能性也愈高。

②股價與十日平均線乖離率達8%以上為超買現象，是賣出時機；當其達-8%以下時為超賣現象，為買入時機（8%或-8%為1987年之前的分析參考，應依時空、環境而調整）。

③股價與30日平均線乖離率達16%以上為超買現象，是賣出時機；當其達-16%以下時，為超賣現象，為買入時機。

④個別股因受多空激戰的影響，股價與各種平均線的乖離容易偏高，策略應隨之而變。

⑤每當行情、股價與平均線間的乖離率達到最大百分比時，就會向零值逼近，甚至會低於零或高於零，這是正常現象。

⑥多頭市場的暴漲與空頭市場的暴跌，會使乖離達到意想不到的百分比，但出現次數極少，時間亦短，可視為特例。

⑦大勢上升時如遇負乖離率，可以逢低承接，因為進場危險性小。

⑧大勢下跌中，如遇正乖離率，可以等待回升高價，出脫持股。

⑨乖離率在研判上，僅以單一乖離線作為研判之基礎，顯然有所偏失。若是突然遇上大漲（或大跌）行情，有可能錯失大行情、大利潤。若在大漲的情況下多頭只是小賺，而又不幸放空，則所賺的可能不夠賠損。因此可嘗試以乖離率及其乖離值的移動平均線，形成類似快、慢速移動平均線來加以研判（MACD指標即以此為發展基礎）。

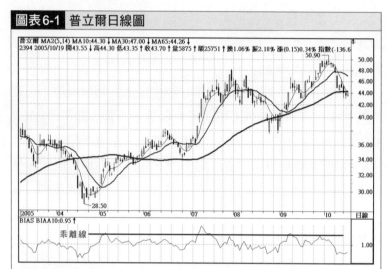

圖表6-1 普立爾日線圖

若單純以乖離率研判、操作股票，極可能犧牲大行情，甚至被軋空。乖離率並無一定的高低準則，不同行情有不同表現。圖例中較粗的水平線即是1.08的標示。

　　⑩ 3至6日乖離率之使用，在台灣股市來講，顯然是周期過短，容易訊號過於頻繁，須再調整。不過，這麼短的周期，還有許多技術指標可供運用。

2 • 指數差離指標MACD

1 … MACD理論

　　MACD的全名為：Moving Average Convergence and

Divergence，中文稱為「指數平滑異同移動平均線」或「指數差離指標」。其原理乃為運用快速與慢速移動平均線，兩條線間聚合與分離的徵兆功能，加以雙重平滑運算，用來研判買進與賣出的時機、訊號，為歐美廣泛使用的分析工具。印證在台灣股票市場中，也相當實用。

運用移動平均線做為買賣時機的判斷，最頭痛的莫過於牛皮盤檔的行情，此時所有的買賣幾乎一無是處，績效利益奇差無比。待至趨勢明顯時，移動平均線才能獲致巨大的利潤績效。而根據移動平均線原理發展出來的MACD，一則去除掉移動平均線頻繁的假訊號缺陷，二則確保移動平均線最大戰果的功用。

以移動平均線的特性而言，在持續漲勢中，商品價格的快速（短期）移動平均線與慢速（長期）移動平均線間的距離必將愈拉愈遠（即兩者之間的乖離愈來愈大）。而漲勢若趨於緩和，兩者之間的距離必然縮小，甚至交叉纏繞。同樣的，在持續跌勢中，快速線在慢速線之下，距離也愈拉愈遠（圖表6-2）。

MACD在應用上，應先行計算出快速移動平均線（為12日EMA平滑移動平均值）與慢速移動平均線（26日EMA）。然後以這兩個數值測量兩者（快、慢速線）間的「差離值」（DIF）即：12日EMA數值減去26日EMA數值。

理論上，在持續漲勢中，12日EMA線會在26日EMA線之上。其間的正差離值（＋DIF，圖表6-3中細線）會愈來愈大。反之在跌勢中，差離值可能變負（－DIF）而且差距也愈來愈大。

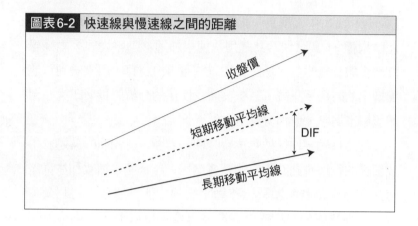

圖表6-2 快速線與慢速線之間的距離

所以在行情如果開始回轉時，正或負差離值將會縮小。如圖表6-3。MACD即利用差離值與差離值的9日平均線的交叉，做為買賣訊號的依據，圖表6-3下的粗線為差離平均值。這也是以快、慢移動平均線的交叉原理來過濾買賣訊號。

在MACD的指數平滑移動平均線計算法則，都分別加重最近一日的份量權數。12日EMA的計算：

$$今日EMA_{12} = \frac{前一日EMA_{12} \times 11}{13} + \frac{今日收盤價 \times 2}{13}$$

26日EMA的計算：

$$今日EMA_{26} = \frac{前一日EMA_{26} \times 25}{27} + \frac{今日收盤價 \times 2}{27}$$

差離值DIF的計算：

DIF＝今日EMA$_{12}$－今日EMA$_{26}$

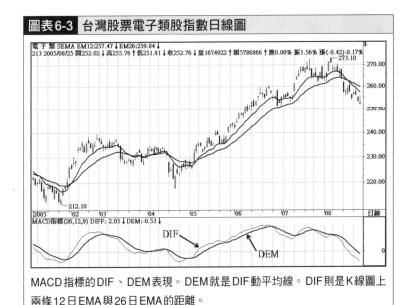

圖表6-3　台灣股票電子類股指數日線圖

MACD指標的DIF、DEM表現。DEM就是DIF動平均線。DIF則是K線圖上兩條12日EMA與26日EMA的距離。

　　再根據差離值DIF計算9日EMA，即「差離平均值」（DEM）。差離平均值的計算：

$$今日DEM = \frac{前一日DEM \times 8}{10} + \frac{今日DIF \times 2}{10}$$

　　計算出的DIF與DEM之數值，均為正或負值，因而形成了在0軸上下移動的兩條快速與慢速線（圖表6-3）。

　　為了方便判斷，亦可用DIF值減去DEM值，用以繪製柱狀圖（差離柱線）（圖表6-4）。

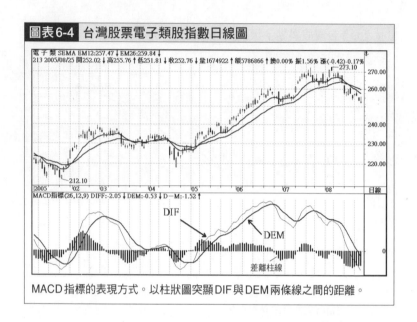

圖表6-4 台灣股票電子類股指數日線圖

MACD指標的表現方式。以柱狀圖突顯DIF與DEM兩條線之間的距離。

　　至於計算移動周期，不同的商品仍有不同的日數。在外匯市場上有人使用25日與50日EMA來計算其間的差離值（圖表6-6）。

2⋯MACD的應用與功能

　　MACD在買賣交易的判斷上，有幾個訊號功能。

　　①「差離值」與「差離平均值」在0軸線之上，市場趨向多頭。兩者在0軸之下，則為空頭。

　　②「差離值」向上突破「差離平均值」與0軸線時，均是為買進訊號。唯在0軸以下交叉，僅適宜空頭平倉（空頭回補）

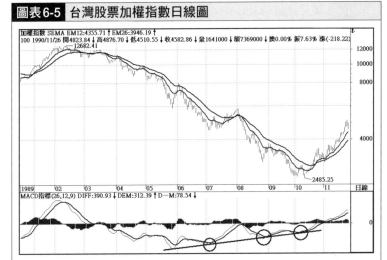

圖表6-5　台灣股票加權指數日線圖

大盤自12,682點開始下挫後，MACD的DIF值首先於5,822點見到底部。此後大盤雖然持續創新低，DIF值的底部卻一波比一波高。直至出現了第三個背離，大盤才於2,485點止跌回升。

（圖表6-7）。

　　③「差離值」向下跌破「差離平均值」與0軸線時，均為賣出訊號。在0軸以上交叉，僅適宜多頭平倉（多頭賣出）（圖表6-8）。

　　④「背離訊號」的判斷。不管是「差離值」與「差離平均值」的交叉或「差離柱線」，都可以發現背離訊號的徵兆與研判技巧。所謂「背離」即在K線圖或直線圖上，出現一頭比一頭高的頭部，但在MACD的圖形上出現一頭比一頭低的頭部。這種背離訊號的產生，意味著較明確的跌勢訊號。

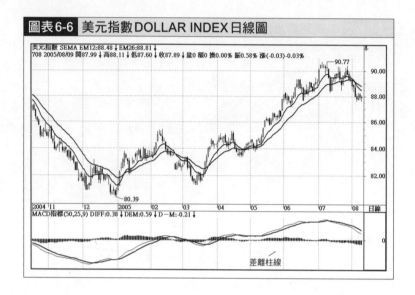

圖表6-6 美元指數DOLLAR INDEX日線圖

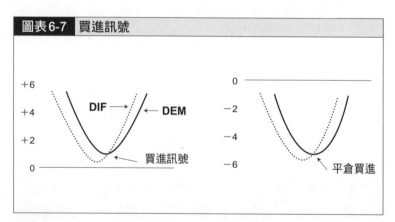

圖表6-7 買進訊號

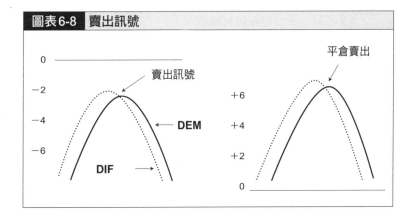

圖表6-8　賣出訊號

　　12日EMA與26日EMA分別加重最後一天的權值份量，實屬畫蛇添足，以這種方式計算的12日EMA其實就是6.5天的平滑移動平均線〔（12＋1）÷2〕；26日EMA就是13.5天平滑移動平均線。

3 ● 逆時鐘曲線

1…逆時鐘曲線的原理

　　技術分析大師道氏於《道氏理論》書中，提出了「成交量與股價趨勢同步同向」的經驗法則。

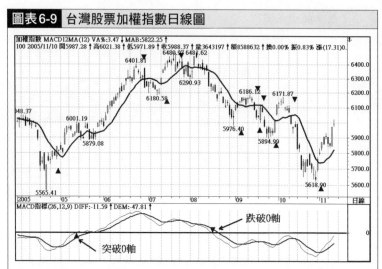

圖表6-9　台灣股票加權指數日線圖

當DIF跌破0軸線（實線），亦為賣出訊號。此即12EMA與26EMA發生交叉現象。在移動平均線理論中，類似稱之為死亡交叉的訊號。此圖將DIF與DEM的交叉訊號直接標示在K線圖上面，可以看出這些買賣訊號就跟12日均線差不多，有時候早一、二天，有時候則晚一、二天，績效不見得更好。差別在於MACD指標可以看出背離狀況，但有經驗者不一定要藉助技術指標才看得出背離。

　　成交量遞增，股價上漲；成交量遞減，股價回跌；此為正常的量價關係。而當成交量萎縮，股價上漲；成交量擴增，股價下跌，量價關係出現背離時，顯示正在進行的趨勢短時間內將會反轉。

　　在頭部出現跌勢背離（Bearish Divergence）或在底部出現漲勢背離（Bullish Divergence）時，將是趨勢反轉的先兆。

　　根據此經驗法則，對股價波動的趨勢能有效的確認。逆時

鐘曲線是根據量價理論設計的分析方法，說明多頭市場和空頭市場各階段的量價關係，使投資者能正確掌握最佳的買賣時機。

由於是利用股價與成交量變動的各種關係，觀測市場供需力量的強弱，從而研判未來的走勢方向，在圖表上繪出一條逆時鐘方向的線圖，故稱為逆時鐘曲線。

2…逆時鐘曲線繪製法

①以數學的座標繪製逆時鐘曲線，垂直縱軸代表股價，水平橫軸代表成交量。

②周期參數：期間的長短，因個人操作不同而異。通常採用的期間為25日或30日（5周）。

③計算股價和成交量的簡單（算數）移動平均值。如採用25日的周期參數，就必須計算其股價（或指數）的25日簡單移動平均價，與成交量的25日簡單移動平均量。移動平均的計算方式除簡單移動平均數外，也可使用加權移動平均數或平滑移動平均數。

④座標的垂直縱軸為移動平均價，水平橫軸為移動平均量，根據這兩個數值定出座標點，座標點連線呈逆時鐘方向變動。以Y軸為股價，X軸為成交額，記錄25天的移動平均點。假設某一天25日的移動平均股價為加權指數4,251點，移動平均成交額為1億6,500萬股，我們可逐日記錄在座標上，描繪出逆時鐘曲線。

3…逆時鐘曲線的研判技巧

①逆時鐘曲線走勢變動的三種局面：

(1)上升局面（圖表6-10）。

(2)下降局面（圖表6-11）。

(3)循環局面（圖表6-12）。

此三種局面構成完整的八角形（圖表6-13），有八個階段的運用原則。

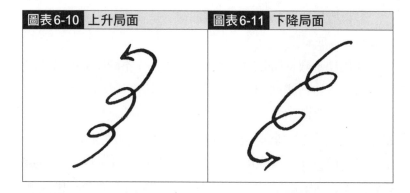

圖表6-10 上升局面　　圖表6-11 下降局面

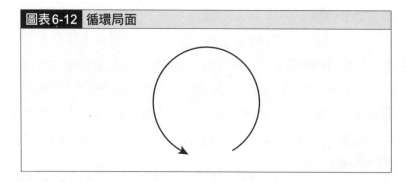

圖表6-12 循環局面

②逆時鐘曲線八階段的運用原則：

(1)**陽轉訊號**：股價經一段跌勢後，下跌幅度縮小，甚至止跌轉穩在低檔盤旋，成交量由萎縮明顯遞增，表示低檔接手轉強，此為陽轉訊號。

(2)**買進訊號**：成交量持續擴增，股價回升，量價同步走高，逆時鐘方向曲線由平轉上或由左下方向右轉動時（圖表6-14），進入多頭位置，為最佳買進時機。

(3)**加碼買進**：成交量擴增至高水準後，維持高檔，不再急劇增加，但股價仍繼續漲升，若逢股價回檔，宜加碼買進。

(4)**觀望**：股價繼續上漲，漲勢趨緩，成交量不再擴增，

圖表6-13 完整的八角形

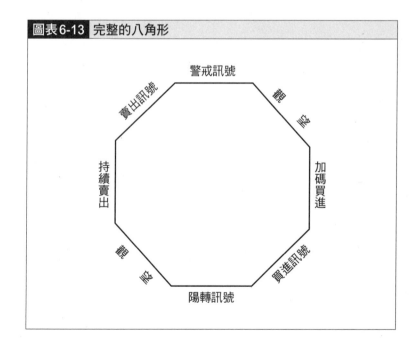

漲勢有減退跡象，此時價位已高，宜觀望，不再追高搶漲。

(5)**警戒訊號：**股價在高價區盤旋，已難再創新高，成交量無力擴增，甚至明顯減少，此為警戒訊號，宜有賣出的準備，出脫部分持股。

(6)**賣出訊號：**股價從高檔滑落，成交量持續減少，量價同步下降，逆時鐘方向曲線的走勢由平轉下或右上方朝左轉動時（圖表6-14），進入空頭傾向，此時應賣出手中持股，甚至融券放空。

(7)**持續賣出：**成交量萎縮至低水準後，不再繼續萎縮，股價急速下跌，此時若逢反彈，多頭宜出清持股，空頭可加碼放空。

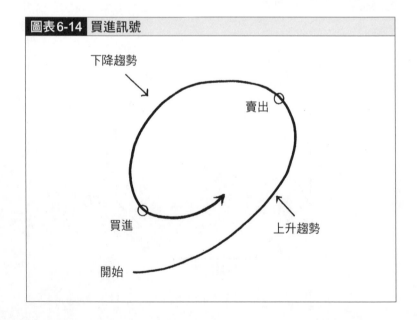

圖表6-14 買進訊號

下降趨勢

賣出

買進

上升趨勢

開始

(8)**觀望：**成交量開始遞增，股價雖下跌，但跌幅縮小，表示谷底已近，此時多頭不宜再往下追殺，空頭也不宜放空打壓，應俟機回補（圖表6-15、6-16）。

逆時鐘曲線的變動說明多頭市場至空頭市場的量價關係，由供需變化顯示多空力道的強弱，研判買賣時機，此法對於底部的確認特別有效。

逆時鐘曲線是採用移動平均價和移動平均量製作出的線路，移動平均雖具有圓滑訊號的功能，但在本質上移動平均屬於時間落後的方式。

移動平均的走勢，通常有落後股價波動的傾向，因此逆時鐘曲線的走勢，一旦發生變動轉向，有落後股價的趨勢。

圖表6-15　買進訊號

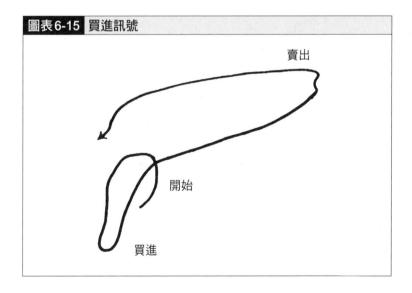

圖表6-16 賣出訊號

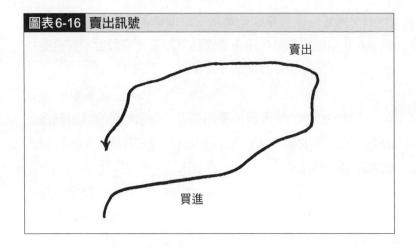

　　所以使用逆時鐘曲線分析行情，研判買賣時機，須配合其他買賣指標，如此才更能發揮逆時鐘曲線的功能。或做為輔助指標，用以研判大趨勢。

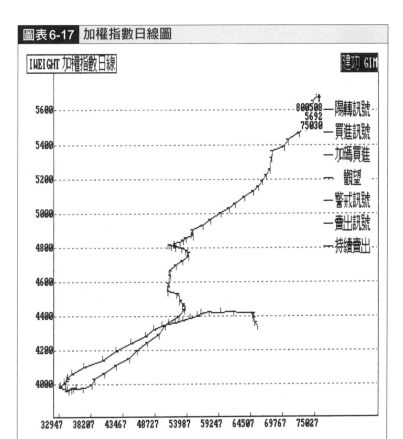

圖表6-17　加權指數日線圖

逆時鐘方向曲線的研判基礎，在於價漲量須與之俱增。本圖所示為1991年12月後的加權指數走勢。此波段的上漲，價量搭配極佳。

第 7 章

威爾德技術分析系統

　　威爾德（Welles Wilder）以其在數學理論上的天分，在價格技術分析領域開創新穎充實而廣泛的理論基礎，提供技術分析研究發展上，一個新的方向和範疇。他的著作《技術分析新觀念》（*New Concept of Technical Analysis*）介紹的技術指標觀念，一舉改變了過去技術分析以圖形分析為主的局面，讓全世界的投資者領略更可靠的分析理論與工具。

1˙威爾德技術分析系統簡評

　　威爾德雖在著作中介紹各種技術指標的演算公式，卻未清楚闡釋他的技術新觀念，投資人必須慢慢體會。若是斷章取義，或漫不經心地運用，常會導致投資損失。此種疏忽不僅發生在一般投資人身上，甚至是某些投資專家。

　　或許此種情形是因為威爾德有所保留的心態造成的。一本所謂的天書祕笈，若非讓大多數人覺得深奧無比看不懂，似乎無法顯現作者的才華。很多人雖然覺得深奧無比，實際使用上卻似乎有其功效，即使有所缺失，也會自己找理由解釋。

　　過去國內許多介紹相對強弱指標（RSI）的論著，對於原著精神雖不違背，但內容採擷上卻是任意割裂，只介紹了部分章節，而在前後文的關聯與內涵上有所遺漏。事實上，威爾德發表了許多相當新穎有用的觀點，若是遺漏過多，研究者只有以天書自我安慰了。

　　威爾德在其技術理論上，極注重「極點價」（Significant Point），並以此做為停損點。這一點可以從書中前言的基本觀念與SAR指標的設計原理中發現。再加上數學中勝算機率的觀念，尋找與利用贏多賠少的操作原則、策略，也較符合他本人的背景個性。以停損點做為技術指標的運用基礎，是不可不重視的。畢竟世上沒有百分之百正確的技術指標，市場狀況無奇不有，要有提防萬一的心理準備。再明確的買進訊號，也要在「極點價」設置停損。

　　威爾德在RSI的設計上，將市場中買與賣的力量視之為常態。利用價格的漲跌代表多頭與空頭的力量，做為市場多空氣氛的測量依據。但這種技術指標背後的精神，卻未在書中明確詮釋，呈現的盡是演算公式與計算原則。甚至連公式的引用，也不解釋理論根源。RSI的重點，在於市場多空氣氛的測量，若能從設計的原始觀念深入了解，則RSI及許多技術指標，都可利用設計參數的改變，修正運用上的死角。

　　SAR指標讓投資人在停損點的設置上，採取更靈活的做法，而非一成不變固守某個價位。當行情展現了強有力的動能時（出現新的高價或低價），就該提高或降低停損點。

　　利用DMI趨向指標，威爾德提供另一種測量市場氣氛的技巧。在一個上漲動力足夠的市場中，價格理應不斷創新高；反之亦然。在威爾德著作中，尚有其他技術指標，如：擺盪指標（SWING）、商品選擇交易系統（CSI）等，有心者可深入研究。不過，威爾德的技術理論若非經過修正，究其實際效用而言，可說是「觀念性」高於「準確性」。

2．動量指標MTM

動量指標（MTM）＝ $C_t - C_{t-n}$

C_t：今日收盤價

C_{t-n}：N日前收盤價

　　動量指標（Momemtum, MTM）是一種測量漲跌速率的重要觀念與工具。在自由市場中，價格受制於供需關係。需求大

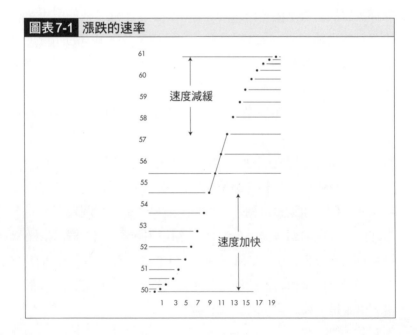

圖表7-1　漲跌的速率

於供應則價格上漲，價格上漲可能使供應者增加生產，或使需求者尋求代用品，導致價格下跌（圖表7-1）。

　　因此在買與賣之間，價格絕無平衡的狀況。而在價格的波動當中，經常出現物極必反的反轉局面，在這反轉之前，漲跌的速率自有其快與慢的情況。正如行進中的汽車，有其起步加速的時候，亦有其減速慢行的時候。

　　動量的計算，即為利用恆速原則，來判斷漲跌速度的高低。所謂恆速原則是指，漲勢中的每段時間的漲幅相等；跌勢中，每段時間的跌幅也都相等。

　　因此，動量的計算，即是運用此種觀念，以當天的收盤價減去固定幾天前的收盤價，求得「動量值」做為比較分析依據。

　　圖表7-2為利用三天的周期參數，計算而出的動量值。其

圖表7-2　收盤價與動量值

日期	收盤價	動量值MTM	操作訊號
1	49.25		
2	49.75		
3	50.25	＋1.00	
4	50.75	＋1.00	
5	51.10	＋0.85	賣出　51.10
6	50.75	0.00	
7	51.00	－0.10	
8	49.75	－1.00	
9	49.25	－1.75	
10	49.50	－0.25	買進　49.50

中動量值減低或反轉增加，即為賣出或買進時機。在第五日，
價格雖然持續上漲，動量值反而減少，即可賣出做空，而在第
10日買進平倉。動量周期參數的設定，因各人的研究而有所不
同。一般以8～20日之間較為恰當，而選用10日周期者居多。

　　有些技術分析專家認為，光以動量值來分析研究，似乎過
於簡單。因而再配合上動量值的移動平均線使用，形成快慢速
移動平均線的交叉現象，此種運用、修正的方式，亦為相當好
的做法。圖表7-3為10日動量值與20日動量平均線的圖形。圖
中可以看出，在一段漲勢中，圖形頭部一頭比一頭高，動量線

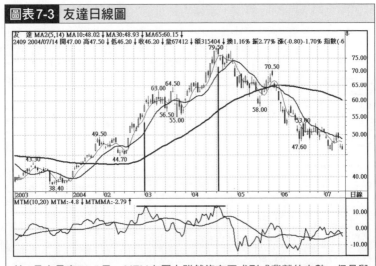

圖表7-3　友達日線圖

於4月中最高79.5元，MTM在圖上雖然沒有正式形成背離的走勢，但是與
前一波MTM的高點比較，價格大幅度創新高，但是MTM的數值變動有限，
所以也應該算是背離的現象。

卻一波比一波低，明顯的看出速度減緩，是為「背離」訊號。

3．震盪量指標OSC

震盪量指標（OSC）$= \dfrac{C_t}{C_{t-n}} \times 100$

C_t：今日收盤價

C_{t-n}：N日前收盤價

動量指標的另一表現方式，即以「震盪量」（Oscillator），OSC的百分比值表示。以10日周期為例，當日動量值等於當日收盤價減去10日前收盤價；而震盪量則是以當日收盤價除以10日前收盤價，再乘以100。

計算出的震盪量，以100為基準橫軸，數值即在軸線上下。繪製圖形時，當震盪量在100以上，為多頭傾向；100以下則為空頭傾向。應用判斷與原始MTM公式一樣（圖表7-4）。

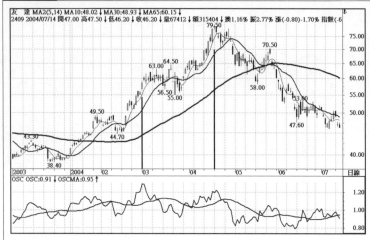

圖表7-4　友達日線圖

與前面的MTM指標相比較，可以看到OSC指標在4月中最高79.5元的時候
出現了明顯的背離現象。基本上OSC與MTM的概念大同小異，在指標線路
的反應大致相同，但邏輯觀念上比較合乎實際。

4．相對強弱指標RSI

1…RSI理論基礎

　　相對強弱指標（Relative Strength Index, RSI）是技術分析
最流行也最廣為使用的指標分析工具。

　　在一個正常的股票或商品市場中，供應與需求間必須求取

平衡，價格才能穩定。但是在常態下，供應與需求兩者本身，受著許多因素影響而不斷地波動；比如在石化工業，可能會受到石油增減產、原料價格漲跌、生產工廠突發事故、產能減少等因素，影響其對下游工廠的供應能力；相對地下游工廠的需要，也因其產品的銷路好壞，同業競爭而有所不同。

因此在測定一個市場的平衡點時，可以假設這個市場中，有100個人。那麼最佳的平衡點，就是其中50個人供應等量的產品（或股票），而另外50個人則接受這等量的產品。假如供應者大於50個人，即造成賣壓，則將迫使該產品價格下跌；供應者若小於50人則形成買力，促使該產品上漲（圖表7-5）。

RSI即基於這個供需平衡的原理而產生，用以測量市場買賣力量的強弱程度。由於在現實的市場，並不是每個人隨時都參與買賣，買賣時也無法統計真正供應者與需求者的數量。因此，RSI的計算上，便只得利用了買賣（多空）雙方爭鬥的決果——收盤價格的漲跌為基礎，來評估市場買力的強弱。

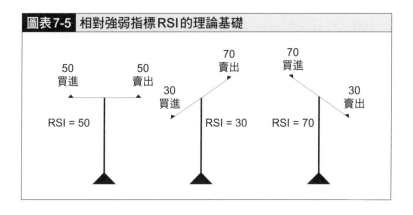

圖表7-5 相對強弱指標RSI的理論基礎

以14日的周期參數為例，RSI將14天當中漲勢的總和（即每日收盤減前一日收盤價的正值總和），視為買方（需求者）的總力量，即14天的「總買力」；14日跌勢總和（每日收盤價減前一日收盤價的負值總和），視為14天的總賣力。

因此計算RSI時，須先求得14天當中，每日收盤價跟前一日收盤價相比的漲跌幅度。由於必須與前一日比較，在14日周期的RSI中，需要15日收盤價的數據。

在計算過程當中，將漲幅與跌幅分開兩欄列表。然後將14日漲幅總和除以14，即為14日漲幅平均值（Up Average）；14日跌幅總和除以14，即為14日跌幅平均值（Down Average）。

RSI將漲幅平均值視為買力；跌幅平均值視為賣力。

$$14 日 RSI 值 = \frac{14 日漲幅平均值}{14 日漲幅平均值 + 14 日跌幅平均值} \times 100$$

註：本公式經過代數換算，與威爾德公式有點出入，但計算結果一樣。

至於計算下一日的RSI值，可以使用算術平均數計算下一日漲跌幅平均值。但仍以平滑計算法運算較方便。計算如下：

$$當日漲幅平均值 = \frac{前一日漲幅平均值 \times 13}{14} + \frac{當日漲幅 \times 1}{14}$$

$$當日跌幅平均值 = \frac{前一日跌幅平均值 \times 13}{14} + \frac{當日跌幅 \times 1}{14}$$

2 … RSI的研判功能

　　RSI值，永遠介於0與100之間；不像動量、震盪量的數值是在0軸線上下擺盪，正負值難以確定，不方便於圖形上的繪製。因此RSI是圖表上較為方便、實用的輔助分析工具。

　　RSI值在圖表上，與直線圖或K線圖配合比較，有以下的功能：

　　① **頭部或底部形成徵兆：** 當RSI值升至70以上，或降至30以下，RSI的圖形表現，通常較實際市場（即K線圖形）的頭部或底部，提早出現到頂或到底的徵兆。即在70以上為買超現象，在30以下為賣超現象（圖表7-6）。

　　② **圖形形態：** RSI的圖形形態比K線圖更清楚明顯，如頭肩頂底、三角旗形、雙頭、雙底等。較容易判斷突破點、買進點與賣出點。

　　③ **虛弱迴轉（或虛弱反轉〔Failure Swing〕）：** RSI值在70以上或30以下的反轉，是市場趨勢反轉的強烈訊號（圖表7-7）。

　　④ **背離訊號（Divergence）：** 在實際的日線圖上，頭部的形成是一頭比一頭高，而在RSI的線型上，卻出現一頭比一頭低的情形，即為所謂的背離訊號。此種背離，顯示了價格虛漲的現象，通常意味著較大的反轉下跌前兆（圖表7-7）。

3 … RSI的優點與缺點

　　威爾德在發表RSI時，僅簡單扼要地提出前述幾個研判要

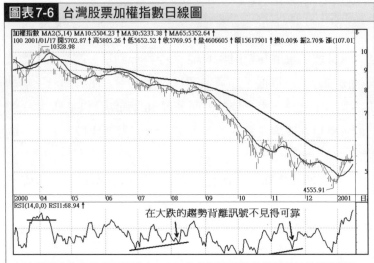

圖表7-6 台灣股票加權指數日線圖

在波動穩定的商品或行情當中，RSI的超買超賣通常是個很好的買賣訊號。但基本上仍應順勢操作。否則類似10,393點以後的直線下跌行情，若以超賣觀點中途攔截行情，必然損失累累。

領。由於之前的圖形形態分析容易導致主觀判斷，在運用方面難以掌握，所以透過數據分析來研判市場中買賣雙方的意向，可說RSI有著更精確的研判功能，但也有著相當的缺點。分述如下。

① 周期的決定

　　威爾德在《技術分析新觀念》書中，獨獨喜好14日的周期參數。但實際上需視該股票或商品價格波動幅度、特性，做為依據。此外周期短則較敏感，周期長則訊號遲緩。

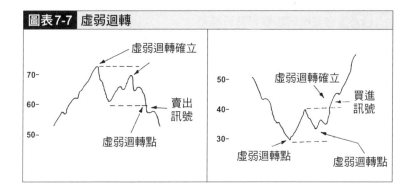

圖表7-7　虛弱迴轉

② 超買區與超賣區的確認

至於在RSI值在70以上是否為超買區？在30以下為超賣區？此種標準應視周期長短調整。在特殊的漲跌行情中，RSI值漲至90以上或跌至10以下都不足為奇。因此在70以上貿然賣出，30以下貿然買進，都有相當風險。以其特性，比值在40～60之間，漲跌一元，RSI值可能上下3或5點。而在80以上20以下，漲跌10元、20元，RSI值卻可能只波動1或2點。由於RSI值在80以上、20以下都有失真鈍化現象，使用上更須謹慎。

③ 背離走勢難以事前確認

背離走勢的訊號，對一般使用者來講，都是事後歷史。而且背離走勢發生之後，行情並無反轉的現象也不在少數。究竟在一次背離或二次、三次背離後行情才真正反轉，也難以確認。投資者必須不斷地分析歷史圖表以累積經驗（圖表7-8）。

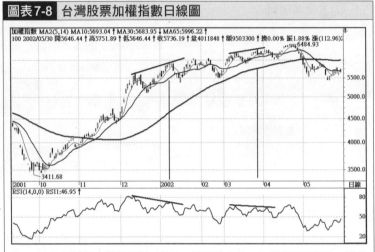

圖表7-8 台灣股票加權指數日線圖

在2002年初以後，指數呈現一波比一波高的走勢；RSI的高點卻是一波比一波低。此種背離訊號出現的時機、次數，則難以規範。要到哪時候的背離才預示真正的反轉，其實難以確認。

④支撐線與壓力線

在RSI的圖形上，當RSI值如果徘徊於40～50之間，常屬於牛皮的盤檔行情。常有RSI值突破支撐線或壓力線時，價位無確實的反應。

⑤以收盤計算RSI的可靠性

當一日行情波幅很大，上下影線很長時，RSI值的漲跌，便不足於反應該段行情的波動。

綜合起來，RSI可說有相當的缺點，做為輔助分析的工具

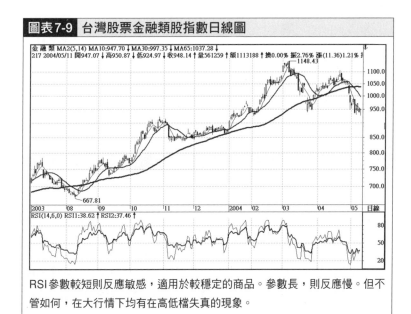

圖表7-9　台灣股票金融類股指數日線圖

RSI參數較短則反應敏感,適用於較穩定的商品。參數長,則反應慢。但不管如何,在大行情下均有在高低檔失真的現象。

卻仍然相當重要。幾乎所有金融專業報刊、雜誌都以RSI來反應市況。它就像是溫度計,實際冷暖則是各人點滴在心頭。

　　世上絕無十全十美、百分之百精準的技術分析工具,能夠了解分析工具的優缺點及其特性,加以善用,才是正確的使用態度。甚至可以改良修正,以發揮更大效應。

　　改良的途徑相當多,比如像前述動量值(MTM)利用快慢移動平均線的交叉原理,來過濾買賣訊號。或分別利用最高價、最低價來計算RSI,用以研判行情是否見頂或見底。也可以利用成交量加權計算RSI值。

5．趨向指標DMI

1…趨向指標理論

　　趨向指標（Directional Movement Index），簡稱DMI，是技術分析大師威爾德自認為最有成就也最實用的一套技術分析工具。

　　趨向指標的基本原理是在商品價格漲跌中，藉由創新高價或新低價的動能，研判多空力道，進而尋求買賣雙方力量的均衡點，探究雙方互動下價格波動的循環過程。

①趨向變動值（創新高、低幅度值；±DM）

　　趨向指標的第一步工作，先確認「趨向變動值」（DM）上漲或下跌。分別以＋DM與－DM表示漲跌的趨向變動值。

　　在圖表7-10中，第二天的價位趨向是向上變動，它的趨向變動值是C點減A點，亦即今日最高價減去昨日最高價，為正趨向變動值（＋DM為與前日比較的創新高價幅度）。

　　在圖表7-11，可以得出負趨向變動值（－DM為與前一日比較的創新低價的幅度）。

　　假如，出現圖表7-12的例子，因為正趨向變動值大於負趨向變動值，則當日的趨勢變動值為正趨向變動值。一日中的趨

向變動值，只採兩者之中的最大數值，不能兩者並取。因此，在圖表7-13，順理成章的取其負趨向變動值。若出現圖表7-14與圖表7-15的情形，則趨向變動值為0。

　　圖表7-16中，正趨向變動值為C點減去A點的數值。而圖表7-17，負趨向變動值為D點減去B點。

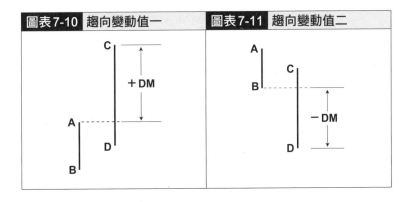

圖表7-10　趨向變動值一

圖表7-11　趨向變動值二

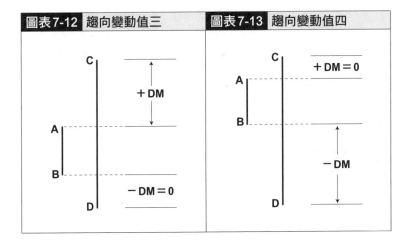

圖表7-12　趨向變動值三

圖表7-13　趨向變動值四

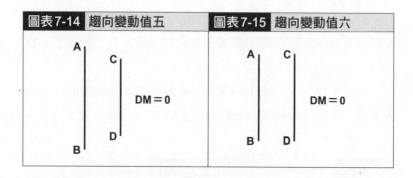

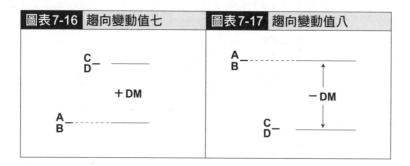

從以上原則可以得知，趨向變動值為當日價格波動幅度大於昨日價格的部分的最大值。在意義上，趨向變動值表達出價格波動增減的幅度。

②真正波幅

在了解趨向變動值後的第二步工作，是找出「真正波幅」（True Range, TR）。

真正波幅，是當日價格與前一日價格比較之後的最大變動值。比較的方式有下列三種：

(1)當日最高價與最低價的差距，即當日最高價減去當日最低價（$H_T - L_T$）。

(2)當日最高價與昨日收盤價的差距（$H_T - C_{t-1}$）。

(3)當日最低價與昨日收盤價的差距（$L_T - C_{t-1}$）。

　　將上述三項差距比較之後，取其中數值最大者，即為當日的真正波幅。

　　計算出正負趨向變動值（$\pm DM$）與真正波幅（TR）之後，下一步便要找出「方向線」（Directional Indicator）。

③方向線

　　方向線（DI）為探測價格上漲或下跌的指標，分別以正負來表示「上升方向線」（$+DI$亦可稱之為創新漲勢幅度比率）及「下跌方向線」（$-DI$創新跌勢幅度比率）。

$$+DI_1 = \frac{+DM_1}{TR_1} \times 100$$

$$-DI_1 = \frac{-DM_1}{TR_1} \times 100$$

　　要使方向線具有參考的價值，則必須要相當時期的累進運算，威爾德則認為最適當的周期是14天。計算時，分別將14天內的$+DM$，$-DM$及TR合計，所得到的數值分別為$+DM_{14}$，$-DM_{14}$及TR_{14}。計算方法如下：

$$+DI_{14} = \frac{+DM_{14}}{TR_{14}} \times 100$$

$$-DI_{14} = \frac{-DM_{14}}{TR_{14}} \times 100$$

（負趨勢向變動值並非負數，負號僅代表下跌方向。）

往後在計算第十五天的±DM_{14}或TR_{14}時，只要利用平滑移動平均數的運算方法即可，運算方法如下：

$$(TR_{14})_t = \frac{(TR_{14})_{t-1} \times 13}{14} + (TR)_t$$

（TR_{14}）$_t$：今天的14日真正波幅

（TR_{14}）$_{t-1}$：昨天的14日真正波幅

（TR）$_t$：今天真正波幅

在得到正負方向線（±DI）數值後，由於數值永遠介於0與100之間，便於圖表繪製。14天上升方向線（＋DI_{14}）表示最近14天以來實際上漲的百分比。而14天下跌方向線（－DI_{14}）則表示最近14天以來實際下跌百分比。

假設，價格持續下跌，那麼負趨向變動值不斷出現，將使下跌方向線的數值不斷升高；相對的，上漲方向線則呈現下降。

當價格持續上漲，則上述情況的相反導向，即將出現於圖形上。而在牛皮盤盤時，上升與下跌方向線差異將非常微小。

④趨向平均線（值）

趨向指標除了上升方向線與下跌方向線兩條指標線外，另一條供作研判的指標線為「趨向平均線」（Average Directional Movement Index, ADX）。計算趨向平均線以前，須先計算出「趨向值」（Directional Movement Index, DX）。

$$DX = \frac{DI_{dif}}{DI_{sum}} \times 100$$

DI_{dif} ＝上升方向線與下跌方向線的差（絕對值）

DI_{sum} ＝上升方向線與下跌方向線的和

由於趨向值的變動性大，因此仍以14天平滑運算，即得到所要的趨向平均值（ADX）。

2…趨向指標的應用

任何技術分析工具都有本身的優點與缺點，趨向指標亦不例外。在運用方面，由於其本身屬於一個趨勢判斷的系統，因此受到行情趨勢是否明顯的限制。假若市場行情價格上的波動，明顯地維持特定趨向，根據這個指標的買進訊號或賣出訊號，其績效利益是無庸置疑的。但若行情處於牛皮盤檔時，趨向指標的買賣訊號的效果則不理想。基本上這個指標的功能，在於判別市場趨勢，屬於較為長期的交易指標。

趨向指標的系統中，最主要目的在於分析「上升方向線」＋DI，「下跌方向線」－DI與「趨向平均值」ADX等三條線

之間的關係。

①「上升方向線」＋DI與「下跌方向線」－DI的功用

當圖形上＋DI從下向上遞增，突破－DI時，顯示市場內部有新的多頭進場，願意以較高的價格買進（由於有創新高的價格，使＋DI上升，－DI下降），因此為買進訊號。

相反的，－DI從下向上突破＋DI，顯示市場內部有新的空頭進場，願意以更低的價格賣出，因此為賣出訊號（圖表7-18）。

②「趨向平均值」ADX的功用

ADX為「趨向值」DX的平均數。DX是根據＋DI與－DI兩個數值計算出的，即＋DI與－DI間的差（絕對值）除以總和的百分比。由於DX的數值容易受到市場行情意外波動的影

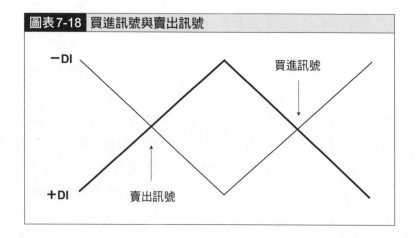

圖表7-18 買進訊號與賣出訊號

響，因此透過平均數的方法，求取「趨向平均值」ADX，用
以消除雜訊。其功用為：

（1）**判斷行情趨勢：**趨勢非常明顯，朝單一方向前進時，
無論單日價格上漲或下跌，ADX值會逐漸增加。換言之，當
ADX值持續高於前一日，可以斷定市場行情維持固定單向趨
勢，即行情價格持續上漲，或持續下跌。

（2）**判斷行情是否牛皮盤檔：**當市場行情漲跌翻覆時，ADX
會出現遞減。原因為價格雖然有新高價出現，同時亦會有新低

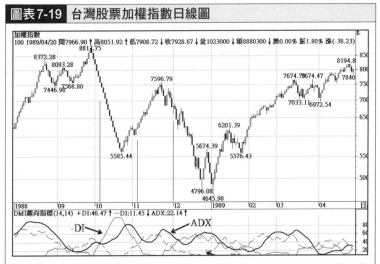

圖表7-19　台灣股票加權指數日線圖

當行情從8,813點一路下挫時，－DI值也一路上衝，而＋DI則一路下降。趨
向指標用於顯示趨勢方向，因此並非短線的偵測工具。由於訊號緩慢，對於
趨勢突然轉向力有未逮。圖中垂直線標示者即＋DI與－DI的交叉訊號，落後
高低點相當久，必須修改慣用的14天參數。這種指標設計複雜，修改參數難
以有效驗證績效，容易產生失誤。以實際的表現來說，花俏有餘，績效偏低。

價出現，致使＋DI與－DI數值愈拉愈近，ADX值也逐漸減少。當ADX數值降低到20以下，橫向前進時，可以斷定市場氣氛為「牛皮盤檔」。投資者應出場觀望，或者不以「趨向指標」為買賣交易的依據。

(3)**判斷行情是否到頂或到底**：當ADX數值從上升傾向轉為下降，顯示行情即將反轉。即在漲勢中，ADX在高點由升轉跌，表示漲勢將告結束；反之在跌勢中，ADX也在高點由升轉跌，亦表示跌勢將告結束。

6• 停損點轉向操作系統SAR

停損點轉向操作系統（Stop And Reverse，簡稱SAR），威爾德稱為「拋物線指標」（Parabolic）。在圖形及運用上與移動平均線相似，屬於價格與時間並重的分析工具。由於SAR計算值以弧形方式移動，故名為「拋物線指標」。

如圖表7-20中，當投資者買進之後，其停損點設於「極點價」。所謂的「極點價」是最近數日之內的最高價或最低價。

當行情價格持續向上漲時，停損點隨著時間向上推移。直至行情價格與停損點接觸交叉，此時投資者除了將手上多頭部位平倉外，同時反向做空賣出（雙向操作）。在此一系統中，停損點除了平倉外尚須反向操作，所以稱為「停損轉向操作點」。

在圖表7-20中，投資者於第四天進場後，SAR即設於近期的「極點價」50元。次日SAR向上調整時，其調整幅度為前一日（第四日）的最高價與SAR間的差距，乘上「調整係數」（AF）0.02。計算方法如下：

$SAR_5 = SAR_4 + AF \times (H_4 - SAR_4)$

SAR_n：第N日的SAR

AF：調整係數

H_4：第4日的最高價

$SAR_5 = 50.0 + 0.02 \times (52.5 - 50.0)$

$\quad\quad = 50.0 + 0.02 \times 2.5 = 50.05$

第五日的SAR即為50.05。「調整係數」是累進增加的數值，第1日為0.02，每次累進0.02，直至最高的0.2。當每一日的行情價格出現創新高價的情況（當日最高價比前一日最高價還高），SAR向上調整係數，再增加0.02；假若新的一日並無新高價出現，則調整係數延用前一天的數值。以圖表7-20第六日為例，計算方式為：

$SAR_6 = SAR_5 + AF \times (H_5 - SAR_5)$

$\quad\quad = 50.05 + 0.04 \times (53.0 - 50.05)$

$\quad\quad = 50.05 + 0.04 \times 2.95 = 50.17$

依照此計算原則，第七日以後的SAR如下：

$SAR_7 = 50.17 + 0.06 \times (53.5 - 50.17) = 50.37$

$$SAR_8 = 50.37 + 0.08 \times (54.0 - 50.37) = 50.66$$

$$SAR_9 = 50.66 + 0.10 \times (54.5 - 50.66) = 51.04$$

$$SAR_{10} = 51.04 + 0.12 \times (55.0 - 51.04) = 51.52$$

$$SAR_{11} = 51.52 + 0.14 \times (55.5 - 51.52) = 52.08$$

$$SAR_{12} = 52.08 + 0.16 \times (56.0 - 52.08) = 52.71$$

「停損轉向點」SAR有以下幾項原則：

①開始計算時，第一個SAR為「極點價」。買進時，為最

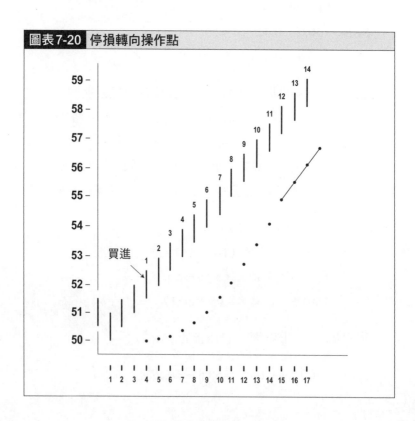

圖表7-20　停損轉向操作點

近期底部的最低價。賣出時，即為最近期頭部的最高價。

　　②第2日以後SAR則根據下列兩個原則：

　　(1)「調整係數」從0.02開始遞增，直至最高0.2為止。即使再創新高價，亦不超過0.2的極限。

　　(2)SAR不得設於當日行情價格，或前一日行情價格幅度之內。若是在買進的期間，計算出次日的SAR比今日或昨日的最低價還高，則應以今日或昨日的最低價為次日的SAR。反之，若是賣出的放空期間，計算次日的SAR比今日或昨日的最高價還低，則應以今日或昨日的最高價為次日的SAR。

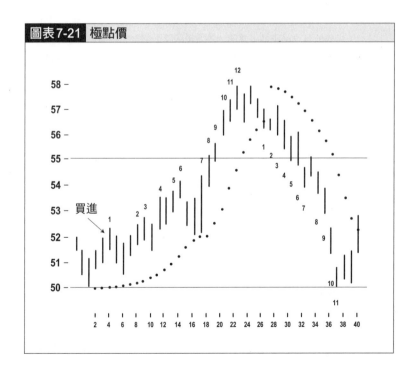

圖表7-21　極點價

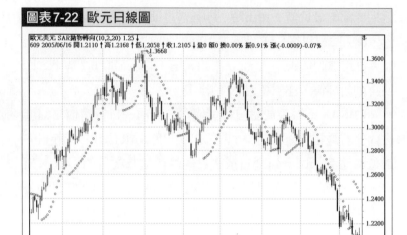

圖表7-22 歐元日線圖

外匯的操作是所有商品中最困難的。外匯走勢時而盤整，時而急拉、急殺。
使用SAR指標操作，說不定可以逮到大行情。但外匯走勢幅度不大，容易遭
受挫折。有人甚至利用這個技術指標反向操作，可見得成功率值得懷疑。另
外有人試圖修改「調整係數」，實際效用也不大。

第 8 章

隨機指標KD線、
威廉氏%R理論

KD線指標原名「隨機指標」（Stochastic Index），喬治・藍恩（Geoge Lane）發表的技術分析工具。

這是個相當新穎實用的技術分析觀念，來自一家研究機構Investment Education，從無數構想中驗證出來較有價值的技術指標。這家研究機構的測試由A%開始命名，有D%、K%、R%等等。喬治・藍恩就是在參與研究下取得授權，然後公開發表。

1・隨機指標KD線理論

RSI的功能似乎只顯示出市場超買、超賣現象，無法明確提供進場時機。隨機指標則融合了移動平均線速度上與交叉訊號的觀念，形成了非常準確的買賣訊號依據。隨機指標KD線的訊號，使用在商品期貨上成果輝煌，也是美國商品市場中較重要的技術指標。

本書介紹的KD線公式，取自《商品期貨預測周刊》。此一修正後的計算公式，是以平滑平均數取代喬治・藍恩的原始算術平均公式，但是買賣訊號較為準確。

以九日周期參數的KD線為例，首先計算出最近九日的「RSV值」，即「未成熟隨機值」（Raw Stochastic Value）。

RSV值即最近九日周期中，第九日收盤價與九日行情最高價與最低價的百分比值（圖表8-1）。

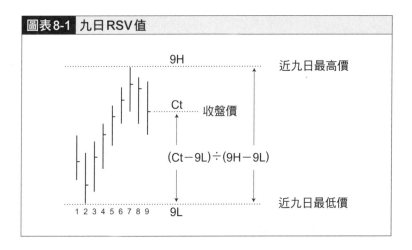

圖表8-1　九日RSV值

$$RSV值 = \frac{第九日收盤價 - 九日內最低價}{九日內最高價 - 九日內最低價} \times 100$$

$$RSV_t = \frac{C_t - L_9}{H_9 - L_9} \times 100$$

註：RSV值恰為%R的相反值，兩者相加等於100%，RSV值永遠介於0～100之間。

　　在《商品期貨預測周刊》中，其K值即為RSV值的三日平滑移動平均線；而D值又為K值的三日平滑移動平均線。

　　所以根據快速、慢速移動平均線的交叉原理，K線向上突破D線（即K值＞D值）為買進訊號；K線跌破D線（即K值＜D值）為賣出訊號。

$$K\text{值} = \frac{\text{當日RSV值} \times 1}{3} + \frac{\text{前一日K值} \times 2}{3}$$

$$D\text{值} = \frac{\text{當日K值} \times 1}{3} + \frac{\text{前一日D值} \times 2}{3}$$

$$\%K_t = \frac{RSV_t \times 1}{3} + \frac{\%K_{t-1} \times 2}{3}$$

$$\%D_t = \frac{\%K_t \times 1}{3} + \frac{\%D_{t-1} \times 2}{3}$$

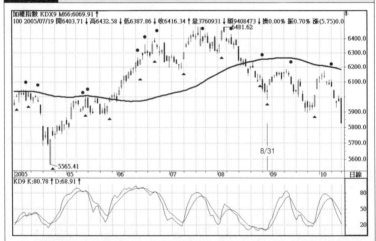

圖表8-2　台灣股票加權指數日線圖

以收盤價計算的技術指標，通常疏忽最高、最低價對於行情波動的影響。
KD指標考慮到周期參數內最高最低的波幅，是相當敏銳的技術指標。8月
31日加權指數出現下影線較長的十字線，KD指標就出現了交叉的買進訊
號。但最低點5,565點雖然收盤離最低點一大段距離，形同下影線很長，第
二天才出現交叉的買進訊號。圖中KD指標的買進訊號在K線下以▲標示，
賣出訊號在K線上以●標示。

　　*若無K、D值的前值，可以當日的RSV值或以50代替前一日的K、D值。

2·KD線的應用

　　KD線指標有五種應用功能：

　　①買超區與賣超區的判斷：D值在70以上時，市場呈現買超現象。D值在30以下時，則呈現賣超。

　　②當K線傾斜度趨於平緩，為警告訊號，應提防隨時反轉（圖表8-3）。

　　③KD線的交叉，在75以上、25以下的買進、賣出訊號，通常較準確（圖表8-4）。

　　④背離訊號產生時，為正確的買進、賣出時機（圖表8-5）。

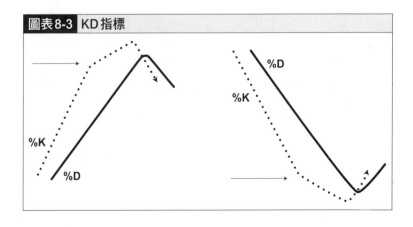

圖表8-3　KD指標

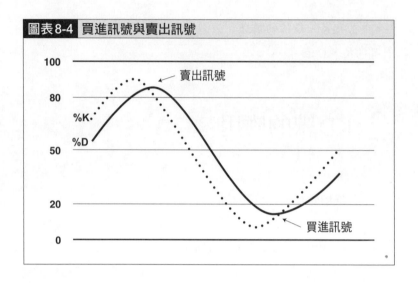

圖表8-4 買進訊號與賣出訊號

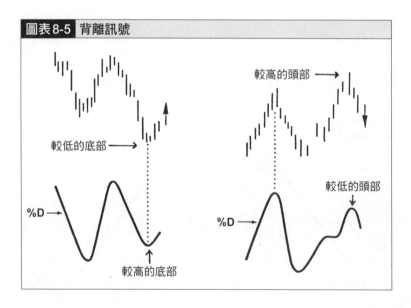

圖表8-5 背離訊號

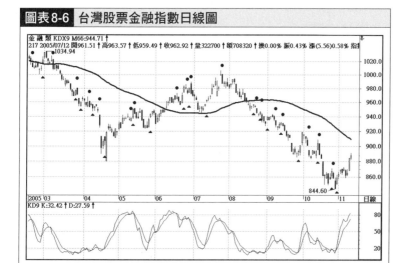

圖表8-6　台灣股票金融指數日線圖

以0～100為計算值的技術指標，碰上急漲急跌的大行情，在高、低檔都會失真。運用上必須輔以圖形分析觀念，關卡突破與否仍是研判趨勢的重要條件。圖中可以看到，下跌趨勢非常明顯的時候，買進訊號失誤連連；賣出訊號出現時，則可以一路追殺。因此，技術指標的運用，不能完全按照理論，有效的策略分析能夠發揮技術指標的功能，閃避可能的死角、盲點。

　　⑤KD線不僅可以使用在日線圖，周線圖與當日分時圖亦相當有使用價值。投資者可運用在長、中、短線上。

　　隨機指標原始公式

$$\%K = 100 \times \frac{C_t - L_5}{H_5 - L_5}$$

C_t：最後一日（第5日）收盤價。

H_5：最近5日中最高價。

L_5：最近5日中最低價。

$$\%D = 100 \times \frac{H_3}{L_3}$$

$H_3 =（C_t - L_5）的 3 天總和$

$L_3 =（H_5 - L_5）的 3 天總和$

　　將原始公式與《商品期貨預測周刊》的修正公式相比較，可以發現原始公式的 K 值相當於 RSV 值，D 值則相當於修正公式中的 K 值。事實上原始公式的買賣訊號複雜，且有不少的雜訊。因此一般使用原始公式的投資者，已經改用 D 線與 Slow-D 線（即 D 線的 3 日算術移動平均線）做為交易訊號的判斷。Slow-D 線則相當於修正公式的 D 線。

周刊修正公式		藍恩原始公式
RSV 值	＝	K 值
K 值	＝	D 值
D 值	＝	Slow-D 值

附記

1. 依據原始公式，有所謂左交叉與右交叉的區別，用以研判正確與可能不正確的買賣訊號。但修正公式採用平滑計算，較無假訊號的困擾。左右交叉在此毫無意義。

2. KD 線理論有上述幾項研判方法，但不同商品有不同特性，研判結果也就不盡相同；長、中、短線的不同投資，也要使用不同的周期。在某些情況，K 值大於 20，買進不見得會賠錢；K 值低於 20，放空亦有可能賺錢。

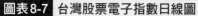

圖表8-7　台灣股票電子指數日線圖

依照股市的特性，KD指標9日參數過於敏感。本圖例改用18日，雜訊降低但仍不理想；在飆漲時，30日以上的KD指標還是有雜訊。因此，修改參數不見得明智。還是要想辦法確認趨勢。趨勢向上時，逢回檔時機仍以9日KD指標買進；高檔賣出時，至少要等到9日或18日KD指標的背離訊號出現。此外在副圖的KD指標當中，附加了一條參數使用9周的K值當做長線研判上的輔助參考。

3•KD、J線的使用價值

　　國內亦有KD、J線的運用。所謂的J值，是以三倍K值減兩倍D值（3K－2D＝J）。有人更改為3D－2K＝J。

　　為了找出領先KD指標的買賣訊號，因此求出K值與D值

圖表8-8　台灣股票加權指數日線圖

319槍擊案之前的3月18日大盤拉出特大長紅，許多技術指標都在這兩天出現買進訊號。以9日KD指標來說，就在次日的小紅K線出現了低檔交叉的買進訊號（▲）。事後而論，當然可以怪罪槍擊案。從技術面來說，卻是可以避免的雜訊。

3月1日的跳空是所謂的「竭盡跳空」，當「竭盡跳空」的低點支撐跌破後，依道氏理論「支撐與壓力互換原則」，此一支撐就變成了重要反壓。在這個反壓下出現買進訊號一定要過濾刪除。任何技術指標都會在這種反壓形態下出現買進訊號，使用者必須加以克服。就技術理論來說，克服這種失誤的唯一方法是在「形態理論」下工夫。

以K線理論來說，長紅K線後出現小紅小黑的「星線」，其實也是警告訊息。

就技術分析的重要程度來說，「形態與趨勢」的研判最重要，其次是「量價關係」，第三是「K線理論」，技術指標敬陪末座。在技術指標中，能發揮功效的，還是居於基礎源頭的「移動平均線」，以及「KD指標」；其他技術指標嚴格說來都是數字遊戲。

的最大乖離程度，希望領先KD值找出底部或頭部。此種構想的理論基礎不夠穩固，其訊號領先出現到頂或到底的圖形，以巧合居多。若使用此項工具進行雙向的來回操作，風險極大，不可不慎。

凡是以0～100來表現線形的指標，其買賣點多少都有死角。比如14天周期參數的RSI值，在超過80時，還會持續飆漲，此時持股賣出已經不正確了，何況依照J值乖離訊號放空。如此一來錯上加錯，極可能被大幅度的往上軋空。原先發明或使用J值者，大都於期貨交易中受傷慘重。

投資者須記住一個原則：絕不在逆勢中，賭低點買進，或賭高點放空。此種作風是當烈士的命。若說KD線指標鼓勵烈士精神，設計者就不必一再以移動平均概念來修正買賣點，大可明白告訴投資者：RSV值超過80即大膽放空，低於20即大膽買進。

這種買賣點的參考，類似過去RSI使用者的錯誤觀念，在市場中賺錢與賠錢的紀錄絕對是轟轟烈烈。

4 ● 威廉氏%R理論

1 … %R理論基礎

「%R」指標是由拉瑞・威廉（Larry William）於1973年

出版的《如何賺到百萬美元》一書中，首先發表。稱為「威廉氏超買超賣指標」（William's Overbought / Oversold Index），簡稱「威廉R％」或「％R」。由於有抄襲Investment Education的R％的嫌疑，威廉氏的才華頗受質疑。

％R，基本上是KD線指標中RSV值的倒數。以九天的周期參數來說，以100減去RSV值即為％R的值。

首先要決定周期日數，這是一個買賣循環期的半數。技術分析專家認為，一個買賣的循環期為28日，扣除周六與周日之後的實際交易日為20日。一個較長的買賣循環期有56日，實際交易日為40日。因而％R的周期日數各取其半，使用10日％R或20日％R，也有更小的周期日數如5日％R者。

以5日％R為例，其計算方式為：（5日內最高價－第5日收盤價）÷（5日內最高價－5日內最低價）×100。

$$％R公式＝\frac{H_5 - C_t}{H_5 - L_5} \times 100$$

H_5：5日內最高價

L_5：5日內最低價

C_t：第5日（最後一天）收盤價

2…%R的功能

與RSI一樣，％R數值介於0～100間。其研判技巧（圖表8-9）：

①當「％R」高於80，即處於超賣狀態，行情即將見底，

圖表8-9	%R指標的研判

80橫線為「買進線」。

　　②當「%R」低於20，便處於超買狀態，行情即將見頂，20橫線為「賣出線」。

　　③當「%R」由超賣區向上爬升，只是表示行情趨勢轉向，必須突破50中軸線，才表示漲勢轉強，可以考慮追買。

　　④當「%R」由超買區下滑，跌破50中軸線，可以確認跌勢轉強，可以追賣。

　　⑤當「%R」進入超買區，並非表示行情會立刻下跌，在超買區內的波動表示行情價格仍屬強勢。直至%R回頭跌破「賣出線」時，才是賣出的訊號。反之亦然。

　　⑥由「%R」的見頂與見底，研判商品價格周期。

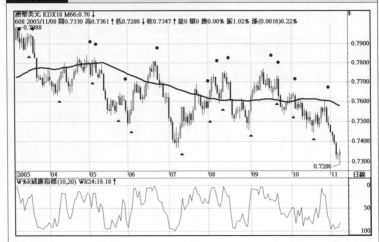

圖表8-10 台灣股票加權指數日線圖

%R其實就是KD指標中的RSV值，兩種指標均可用來測定周期，確認波浪完成與否。%R值需輔以其他技巧，周期間隔也是重要參考條件，以順勢操作為宜。

第 **9** 章

相關技術指標簡介

在投資、投機市場中，差價誘惑讓許多人孜孜不倦地尋求必勝契機與方法。有人從基本經濟動態來觀察；有人從價格數字的統計分析來研究；最終目的在尋求一套有效而實用的測量與操作方式或策略。

然而不管根據什麼條件、因素彙整出的分析工具，都受到本身取樣條件與參數設定的限制，或多或少都有運用上的死角與不可知的變數。

也許，在追求致富的夢想下，很多人可以憑經驗、智識設計出嶄新的指標工具，甚至公諸於世。然而此工具是否具有實用價值，需要經過客觀評估。

一個簡單的公式或指標，或者取樣偏頗，固然可能死角較多，運用上變數極多，但不見得毫無用處。而一個計算複雜的技術指標，其參考條件、因素雖多，死角、變數減至甚低，卻可能因為運用困難，而不為人接受，使用者也不見得能賺到錢財。

致富的最大關鍵，在於投資者能否運用最大想像力，藉分析統計找出一兩種構想良好的技術指標，另外再尋求數種技術指標做為輔助、測量的工具。

所以在使用技術分析指標時，最重要的是先分析、統計驗證其構想與實用價值。絕不能因為理論上可以買進或賣出，即照做不誤。盡信理論，不如不信理論。

理論的成立通常都有其條件。比如在某種狀況或條件出現時，可以買進或賣出。但一般技術指標都沒有詳細的條件說明。原因之一可能是，此種技術指標的構成條件不合邏輯，如

AR指標與BR指標，造成使用上的困擾；其二可能是原設計人隱瞞實際功用。其三可能是因為商品不同，特性有異，適用條件與參數不盡相同。

　　要找出一個或數個實用的技術指標，所花費的精神、時間很大，但並非不可能。然而先決條件是詳細了解設計公式與基本理念、構想，否則不如不用。幾種較實用的技術指標，已在前面章節詳細介紹。本章介紹數種較為人知的技術指標，略做簡介和評估。

　　也許有人會反駁編著者的看法，但股市行情瞬息萬變，若技術準則無法有效地立刻反應，如何算是好的技術指標，何況定義模擬兩可。目前全世界的技術指標可能不下千種。基本設計結構也各有差異，但真正可供運用者其實不多。

　　以近年發展來講，大陸股市的技術分析軟體，仿照美國Omega架構，提供技術指標開放式設計的架構，讓很多人可以自行編輯技術指標。以大陸南北兩大系統的軟體架構所發表的技術指標，已經接近一千種，進展速度非常快。

　　但是技術指標要有價值，必須先了解其理論基礎與架構，否則無法得知其死角、變數。其次，要進行比較嚴謹的驗證，統計歷年績效。

　　而且，就算是績效不錯的技術指標，要發揮價值，策略分析也是不可缺少的。

1•逆勢操作系統CDP

　　過去國內股票市場有許多人喜歡「搶帽子」。搶帽子的意思，即是在同一天中買進賣出，屬極短線的做法。這種當日沖銷（Day trading），其實需要相當技巧，而非玩股票的人憑感覺就可以操作的，否則極容易兩面挨耳光。此套系統延用期貨的交易技巧，若非輔以其他技術指標和圖形分析，不應隨便濫用。順勢操作仍然是投資市場中最安穩的策略。

　　逆勢操作系統的操作，首先須利用前一日的最高價、最低價與收盤價來計算「需求值」，即CDP值。

$$CDP = \frac{H+L+C}{3}$$

H：最高價

L：最低價

C：收盤價

或以收盤價加權計算：

$$CDP = \frac{H+L+2C}{4}$$

　　得到CDP值之後，再分別計算出最高值（AH）、近高值

（NH）、最低值（AL）及近低值（NL）。

AH＝CDP＋Pt

Pt：即前一天的波幅（H－L）

NH＝CDP×2－L

AL＝CDP－Pt

NL＝CDP×2－H

CDP公式的五個應用數值求出以後，可以看出從最高值到最低值的排列為：最高值（AH），近高值（NH），需求值（CDP），近低值（NL）及最低值（AL）。

這五個數值相當於以前一天的行情波動，根據這個高低等級的劃分，交易者可用來判斷當日走勢（圖表9-1）。

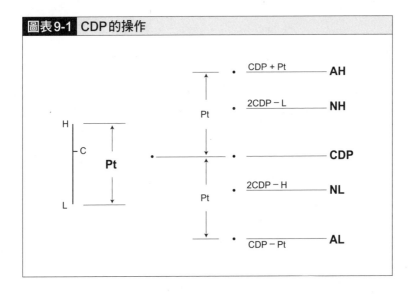

圖表9-1 CDP的操作

開盤價的決定，通常是由買賣雙方期望的合理價折衷形成，也會影響到當天走勢。因此，開盤價開在CDP五個數值的哪個位置，是一個重要的判斷關鍵。

在波動並不是很大的情況下，即開盤價位在近高價與近低價之間時，通常交易者可以在近低值的價位買進，而在近高值的價位賣出。或在近高值的價位作空，近低值的價位回補（圖表9-2）。

這套系統可以兩面操作，但是既屬短線進出，務必當日平倉，如果無法以滿意的價格平倉，則應選擇收盤價平倉。

這是波動較小的情況下的操作方法。如果波動較大，則應採取其他策略。當開盤價開在最高值或最低值附近時，意味著

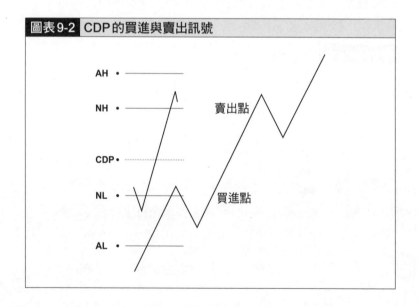

圖表9-2　CDP的買進與賣出訊號

跳空開高或跳空開低，是一個大行情發動的開始。因此交易者可以在最高值的價位追買，或在最低值的價位追賣。通常跳空意味著強烈的漲跌，應有相當的利潤才對。

附記

　　介紹這個技術指標，目的是提供觀念上的思考路徑。一天的開盤，開在高盤、低盤或平盤，本身即具相當意義。CDP對許多長線投資人可能毫無意義。但最高值、最低值的觀念，可能對停損點的設置，具有某種價值和意義。

2 ● 人氣指標心理線PSY

$$PSY_n = \frac{N日內上漲天數}{N} \times 100$$

　　人氣指標心理線（Psychological Line）是研究特定期間內投資人趨於買方或賣方的心理與事實，做為進出股票的指標，目前多以12日、24日為短、中期投資指標。人氣指標心理線研判要點如下：

　　①心理線指標一般介於20%～75%是合理的變動範圍。

②超過75%或低於25%，就有超買或超賣現象，股價回跌或回升的機會增加，此時可準備賣出或買進。在大多頭或大空頭市場初期，可將超買、超賣點調整至83%、17%，直至行情尾聲，再調回75%、25%的水準。

③上升行情展開前，超賣現象之最低點通常出現兩次；下跌行情展開前，超買現象的最高點也會出現兩次。

④高點密集出現兩次為賣出時機，低點密集出現兩次是買進時機。

⑤當人氣指標低於10%或高於90%時，是真正的超賣和超買現象，行情反轉的機會相對提高，此時為賣出和買進時機。

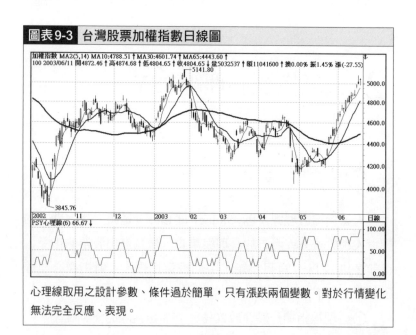

圖表9-3 台灣股票加權指數日線圖

心理線取用之設計參數、條件過於簡單，只有漲跌兩個變數。對於行情變化無法完全反應、表現。

3• 買賣氣勢指標 AR

$$AR = \frac{（最高價－開盤價）N 日總合}{（開盤價－最低價）N 日總合}$$

　　AR 指標係以當日開盤價為基礎，與當日之最高、最低價比較，依固定公式運算出來的強弱指標，又可稱為買賣氣勢指標。根據專家研究，最好是設定 26 日為周期，便於研究其間每

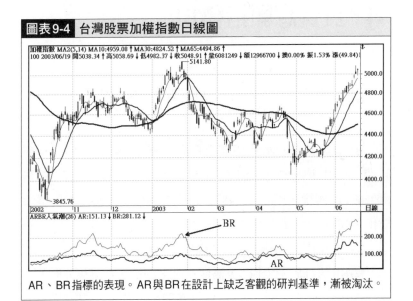

圖表9-4　台灣股票加權指數日線圖

加權指數 MA2(5,14) MA10:4959.08↑MA30:4824.52↑MA65:4494.86↑
100 2003/06/19 開5038.34↑高5058.69↓低4982.37↓收5048.91↓量6081249↓額12966700↓換0.00% 振1.53% 漲(49.84)↓

ARBR人氣潮(26) AR:151.13↓BR:281.12↓

AR、BR 指標的表現。AR 與 BR 在設計上缺乏客觀的研判基準，漸被淘汰。

天買賣氣勢的強弱變化。AR指標分析要點如下：

①介於0.8～1.2之間屬於盤整行情，股價不會激烈升降。

②AR指標上升至1.5以上時，必須注意股價即將回檔下跌，可準備賣出，但必須對照以往出現的高點研判。

③AR指標值高表示行情活潑，數值過高即表示股價已達最高範圍，需退出；而AR值低表示仍在培養人氣之中，過低則暗示股價已達低點，可考慮介入。

④AR指標具有預示股價達到頂峰或落至谷底的功能。

⑤AR指標可以看出特定時段的買賣氣勢。

4. 買賣意願指標BR

$$BR = \frac{（今日最高價－前一日收盤價）N日總合}{（前一日收盤價－今日最低價）N日總合}$$

BR指標以昨日收盤價與今日的最高、最低價比較（相對於AR之當日開盤價），依固定公式算出，又可稱為買賣意願指標。與AR同樣慣用26日周期，研究其間每天買賣意願的強弱變化。BR指標分析要點如下：

①BR指標值介於0.7～1.5屬於盤整行情。

②BR值高於3以上時，需注意股價回檔（在高價圈時）。

③BR值低於0.3以下時，需注意股價反彈（低價圈時）。

④AR一般可以單獨使用，但BR卻需與AR並用，才能發揮BR的效用。

⑤AR、BR急速下降時，意謂距離股價高峰已近，持股者應準備獲利了結。

⑥若BR比AR低時，可逢低買進。

⑦BR從高價回跌達二分之一時，就要趁低價買進。

5 ● 成交量比率指標VR

$$VR = \frac{UP_n + \frac{1}{2}SA_n}{DOWN_n + \frac{1}{2}SA_n}$$

UP_n：N日內股價上漲日的成交值總和

SA_n：N日成交值總和

$DOWN_n$：N日內股價下跌日的成交值總和

VR（Volume Ratio）為成交量比率，亦是利用特定期間內股價上升日的交易金額總計，與股價下降日的交易金額總計，相互比較而得。VR值能表現出股市買賣的氣勢，從而掌握股價可能趨勢。VR值研判要點如下：

①VR值一般介於80%～150%，此時股價波動較小。

②當VR值超過350%以上，股價即進入超買警戒區，應

酌量出脫、減少持股。

③當VR值低於60%，股價進入超賣區，可俟機介入。

④交易金額突然增加，VR值直衝上升，常是大多頭行情的開始。

⑤低檔時VR值增加，而股價未增，為介入時機。

⑥高檔時VR增加，而股價亦增加，需注意高檔出貨。

⑦VR值上升至160%～180%後，成交量會進入衰退期，於碰到頂點之後，很容易進入跌價調整；相反的，VR值在低

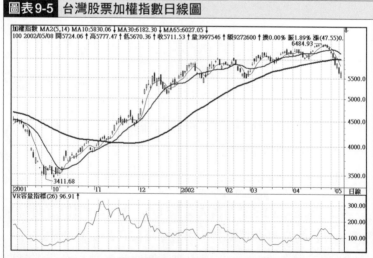

圖表9-5 台灣股票加權指數日線圖

VR跟AR、BR一樣，經常與實際走勢不吻合。以本圖例來說，大盤從3,411點到6,484點，每個階段發動主要攻擊的類股不同，量能結構也就大有變化。攻擊的初期，大盤主角是電子類股。直到12月13日5,651點的大量以後，電子類股休息，轉由原物料股、資產股、營建股輪流發動攻勢，最後由金融股總結。這種類股輪動的表現，VR就很難有所表現。

於40%～60%後，常是探底反彈。

⑧一般而言，VR指標在低價圈時較可信，高價圈時宜參考其他指標。

6●成交筆數指標

成交筆數乃是依據成交次數、筆數，了解人氣聚散，根據人氣強弱變化，研判股價走勢。成交筆數分析要點如下：

①股價高檔，成交筆數放大，股價下跌，為賣出時機。

②股價低檔，成交筆數放大，股價上升，為買入時機。

③股價高檔，成交筆數放大，股價上升，仍有一段上升波段。

④股價低檔，成交筆縮小，表示即將反轉，為介入時機。

⑤成交筆數分析較不適用於短線操作。

7●漲跌比率ADR

$$ADR = \frac{N\,日內股票上漲家數的加總}{N\,日內股票下跌家數的加總}$$

漲跌比率（Advance-Decline Ratio）分析，又稱迴歸式的騰落指數。基於台灣股價上下頻繁且幅度大的特性，加上漲跌比率的震盪特點，國內技術專家多採用10日為周期，將個別股漲跌家數代入漲跌比率的公式，求出每日的漲跌比率，就是10日漲跌比率。

漲跌比率構成的理論基礎是「鐘擺原理」，由於股市的供需有若鐘擺的兩個極端位置，當供給量大時，會產生物極必反的現象，則往需求方向擺動的拉力愈強，也愈急速；反之亦然。漲跌比率研判要點如下：

①10日漲跌比率的常態分配位於0.5～1.5之間，而0.5以下或1.5以上則非常態現象。

②在大多頭市場與大空頭市場裡，常態分配的上限與下限擴增至1.9以上與0.4以下。

③漲跌比率超過1.5時，表示股價長期上漲，已脫離常態呈現超買，股價容易回跌，是賣出訊號；反之，低於0.5時股價容易反彈，是買進訊號。

④除了股價進入大多頭市場，或展開第二段上升行情的初期，漲跌比率有機會出現2.0以上的絕對超買數字外，其餘的次級上升行情中，超過1.5就是賣點。

⑤多頭市場的漲跌比值，大都維持在0.6～1.3之間（若上升速度不快，只是盤升的走勢），超過1.3時應準備賣出，低於0.6時，又可逢低買進。

⑥多頭市場低於0.5的情況極少，是極佳買點。

⑦對大勢而言，漲跌比率有先行警示的作用，尤其是在短

期反彈或回檔方面，比圖形更能領先出現徵兆。10日漲跌比率的功能，在於顯示股市買盤力量的強弱，進而推測短期行情可能出現的反轉。

⑧若圖形與漲跌比率成背離現象，則大勢即將反轉。

⑨漲跌比率如果不斷下降，低於0.75，通常顯示短線買進機會已經來臨，在多頭市場中幾無例外。在空頭市場初期，如果降至0.75以下，通常暗示中級反彈即將出現；而在空頭市場末期，10日漲跌比率降至0.5以下時，則為買進時機。

⑩漲跌比率下降至0.65之後，再回升至1.4，但無法突破1.4，顯示上漲氣勢不足。

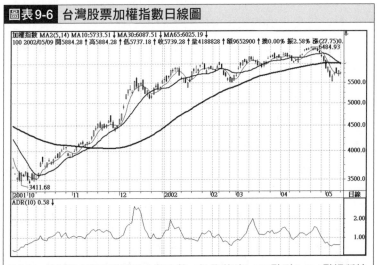

圖表9-6　台灣股票加權指數日線圖

ADR一般運用在觀察整體的大盤走勢。但是碰到3,411點到6,484點這種輪動盤勢，也是缺乏表現。

⑪漲跌比率向上衝過1.4時，暗示至少具有兩波以上的上漲力量。

8●成交量值指標TAPI

$$TAPI = \frac{每日成交總值}{當日加權指數}$$

TAPI（Total Amount Weighted Stock Index）意即：「每一加權指數點的成交值」。TAPI的由來是認為成交量是股市生命的泉源，成交量值的變化會反映出股市購買股票的強弱程度及對未來股價的展望；易言之，TAPI是探討每日成交值與指數間的關係。TAPI值研判要點如下：

①加權指數上漲，成交量遞增，TAPI值亦應遞增，若發生背離走勢，即指數上漲，TAPI值下降，此為賣出訊號，可逢高出脫或於次日獲利了結。

②加權指數下跌，TAPI值上揚，此為買進訊號，可逢低買進。

③在上漲過程，股價的明顯轉折處，若TAPI值異常縮小，是為向下反轉訊號，應逢高賣出。

④在連續下跌中，股價明顯轉折處，若TAPI值異常放大，是為向上反轉訊號，可逢低分批買進。

⑤TAPI值無一定之高點、低點,必須與大勢K線或其他線圖研判,不能單獨使用。

⑥由空頭進入多頭市場時,TAPI值需超越110,並且能持續在110以上,方能確認漲勢。

⑦TAPI值低於40以下,成交值探底,為買進訊號。

⑧TAPI值持續擴大至350以上,表示股市交易過熱,隨時會回檔,應逢高分批獲利了結。

⑨TAPI值隨加權股價指數創新高峰而隨之擴大,同時創新高點,是量價的配合。在多頭市場的最後一段上升行情中,加權股價指數如創新高峰,而TAPI水準已遠不如前段上升行

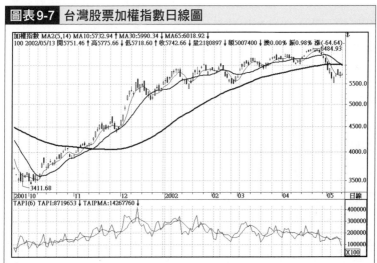

圖表9-7 台灣股票加權指數日線圖

TAPI的設計構想是以成交總值必須與大盤的漲跌必須是一致。但圖中於12月以後出現背離後,大盤仍在高檔盤旋三、四個月。

情，此時呈現價量分離，有大幅回檔之可能。大勢在持續下跌一段時間，接近空頭市場尾聲時，TAPI值下降或創新低值的機會也就愈小。

9·騰落指數 ADL

ADL＝每日股票上漲家數－每日股票下跌家數＋前一日ADL

ADL（Advance-Decline Line）的主要功能在於反映行情漲升力道的強弱。在各種技術分析的領域裡，ADL是屬於趨勢分析的一種；它是利用簡單的加減法，來計算每天個股漲跌累積情形。它必須與大勢相互對照（即與加權指數、經濟日報指數或工商指數相互對照比較），分析其特性以研判目前股價變動與未來趨向。ADL騰落指數研判要點如下：

①加權股價指數持續下降並續創新低，騰落指數下降亦創新低，短期內大盤續跌可能性大。

②加權股價指數持續上升並續創新高，騰落指數上升亦創新高，短期內大勢續揚可能性大。

③通常騰落指數下降三天，反映大勢持續漲少跌多，此時若股價指數連續上漲三天，這種不正常現象難以持久，最後向下回跌一段的可能性大。此種背離現象是賣出訊號，表示大勢隨時回檔。

④通常騰落指數上升三天反映大勢漲多跌少，但股價指數
卻連跌三天，這種現象難以持久，最後向上回漲一段的可能性
大。此種背離現象是買進訊號，表示大勢隨時反彈揚升。

⑤ADL走勢與指數頗多類似，一般可用趨勢線研判方式
來了解其支撐所在。

⑥高檔時M頭之形成與低檔W底之形成，乃賣出與買進
的參考訊息。

⑦ADL因以家數為計算基準，不受權值大小影響，故在
指數持平或小幅上揚而ADL下跌時，可預示大勢可能反轉，

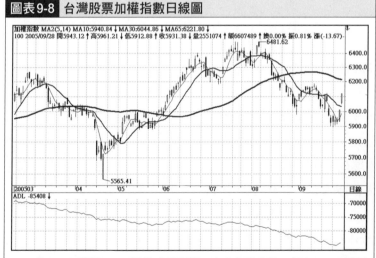

圖表9-8　台灣股票加權指數日線圖

ADL在3,411點到6,484點的表現不錯，吻合大盤走勢，但在5,565點到
6,481點完全沒有參考價值。技術指標的運用價值，必須經過長時期各種階
段的驗證與測試。

空頭市場轉多頭時亦然。

　　⑧股市處於多頭市場時，ADL呈現上升趨勢，其間如果突然出現急速下跌又立即扭轉向上，創下新高點，表示行情可能再創新高。

　　⑨股市處於空頭市場時，ADL呈現下降趨勢，其間如果突然上升又回跌，跌破原先所創低點，預示另一段新跌勢。

10・超買超賣指標OBOS

OBOS＝N日內上漲家數總和－N日內下跌家數總和

OBOS（Over Bought & Over Sold）主要用途在衡量大勢漲跌氣勢。OBOS為大勢分析指標，運用漲跌家數差異來了解大勢買賣氣勢的強弱及走向。國內技術專家一般採用10天OBOS參數。研判要點如下：

　　①10日OBOS對大勢具先行作用，6日或24日因波動速度太快或較慢，較不具參考價值。

　　②目前OBOS達600以上即屬超買，需注意大勢反轉；達200以下即為超賣，可注意介入時機。

　　③當指數與OBOS走勢相背離時，隨時注意大勢反轉。

　　④OBOS亦可運用趨勢線方式來研判可能走勢。

　　⑤呈M頭與W底圖形，亦為賣出與買進的參考。

⑥OBOS為大勢參考指標，無法明確指示個別股走勢，對個股需以其他指標進行研判。

⑦若加權指數持續上升而OBOS下跌，此種背離顯示眾多小型股票已經開始下跌，市場可能趨向弱勢。

⑧若OBOS持續上升，代表上升家數遠超過下跌家數，而加權指數卻下跌，則市場可能即將反轉上升。

圖表9-9 台灣股票加權指數日線圖

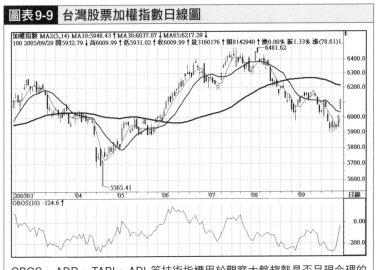

OBOS、ADR、TAPI、ADL等技術指標用於觀察大盤趨勢是否呈現合理的同步關係，但反應不甚敏銳。

11・技術指標的運用觀念

　　技術指標的通病是太過複雜。或許因為技術理論都有死角、缺點，若能參照其他技術理論，或可補足單一指標的缺陷。

　　這種想法常會顧此失彼，不同的技術指標甚且訊號迥異。即使是運用單一技術理論，編著者也常常發現有人在圖表上切滿趨勢線與X線，到處都是壓力和支撐。如此則買賣訊號特別多，所遇到的雜訊也特別多。

　　因此，技術理論的學習，需要深入廣泛；運用時，卻要簡單清晰。買賣的進行，切入點的時機相當重要，投資人需要當機立斷。兵貴神速，未聞巧之久也。

　　技術指標運用，如果以績效來講，KD指標、MACD指標均足夠應用。以KD指標來講，編著者早年在短線操作上喜歡使用6日參數，雖然雜訊稍多，但輔以趨勢形態、波浪理論的分析研判，順勢操作，績效相當高。至於MACD指標，則以12、36、5較為敏銳的參數，取代原始設定值12、26、9的參數。參數的設定其實只要相差不大，均可尋找出一套標準的作業規範。這是運用者必須下苦功的地方。

　　技術分析理論的著作或技術觀念的發表，通常都有先天缺陷，亦即驗證不足之處。邏輯基礎再強都難免有失真鈍化的情形，所以有些技術觀念只適用於某個時期或某個趨勢階段。

　　有些觀念、技巧，可以讓投資人在短短半年賺到五倍、十倍，但往後續效卻十賭九輸。有些技術理論對個三年、五年，但因驗證不足，會因為忽視某個漏洞而豬羊變色。因此驗證是必須的，而且驗證的周期必須夠長。近年編著者在設計交易策略時，每個交易概念都要以十年來的歷史數據反覆測試，才能達到比較完善的地步。

第三部

操作策略與觀念

第10章

投資的策略與觀念

　　許多人投資股票或商品，卻沒有適當的策略，甚至不知道目標也不明白方向。這是一般人的習病。很多人想賺錢，卻不知道如何去賺，甚至不知道自己要賺多少錢才夠。

　　在目標與策略都無法確定的情形下，投資者的長、中、短線策略混淆不清，造成許多錯誤的判斷與決定。

　　長期投資有長期的策略與方法，短期投資有短期的策略與方法。最常見的錯誤就是，長期投資被短期震盪嚇跑。長期投資的本意是想賺個一、二百元，卻經不起三、五元的小小震盪。反之，短線投資本來只想賺個十塊錢就心滿意足；一旦被套時，卻寧可套牢五、六十塊錢，竟日哀聲嘆氣。這就是缺乏風險與投資報酬率的觀念。

　　初學技術分析的投資者常常有一些不自覺的錯誤，比如長線投資卻使用短線的技術指標；而短線投資，反而拚命看長線投資所運用的技術指標。這就是沒有正確擬定策略的結果。

　　目標與策略擬定的困難與否，是見仁見智的看法。基本上，策略擬定是個人心態的問題，若能敞開胸懷才得豁然頓悟。

1・投資三原則

　　以長期投資而言，時間多長才算是長期；短期投資又是多短才叫短期投資，這是相對的觀念問題。本書後續章節將陸續介紹投資的策略與方法。以下介紹投資三原則，這三個原則強

調真正長期投資的策略與原則。其中也包括一個超長期的投資策略，以投資代替儲蓄，以不變應萬變。

　　如果捨卻長期投資的策略，便須了解「賣股票」的要領與時機。會不會賣股票，比會不會買股票來得重要。

　　比如說：長黑大量必殺（賣股票）。雖然不見得完全的正確，但以機率來說，是相當值得重視的做法。至少堅持此一原則，已可避免許多套牢的危險。

1···第一原則：閒置資金原則

　　利用閒置資金來投資股票，是最重要的前提。股票投資本屬「理財」行為，而非「生財」工具。若把股票投資當做飯碗，食衣住行都靠它也無不可，唯須衡量投資人的技術能力，或者擁有充裕資金。否則股價變動乃是常態，輸贏更非一定，若是當做飯碗，便須考慮到萬一行情判斷錯誤時，套牢期間可能會長達二、三年以上。而在這套牢的時間內，如果手頭上的資金不夠充裕，往往進退兩難。

　　利用閒置資金投資股票，得失心不致太重，也不須急於殺進殺出。經驗與統計可以證明，中長期投資人獲利經常高於短線進出者。真正靠著短線進出賺大錢的人，實際上寥寥可數。

　　以某大戶為例，他於1970年以儲蓄的3萬元資金投資股票，因股市下跌慘遭套牢。當時他心想，反正是投資，而且本身從事教職不致挨餓受凍，細思之後乾脆過戶長期持有。

　　經過數年之後，股市再度上漲，反而賺了10萬元。此時他

心中想了又想，股票漲跌必然存有某種道理，也必定有致富良機，遂苦下功夫研究股票的技術理論。

在長期經驗累積下來，他不靠大戶與明牌消息，也能在市場中不斷賺到大波段的財富。在1989年1月6日，他以最低價（60幾元）買進農林20萬股；而在第一波最高價360元附近賣出，獲利6,000萬元，光是這檔股票投資報酬率就高達五倍。

除此之外，在1989年中他投入的股票也幾乎賺滿檔。20年下來資產已超過數億元。致勝關鍵即是利用閒置資金，初期來講，有工作不愁吃穿；後期來講，資金充裕。

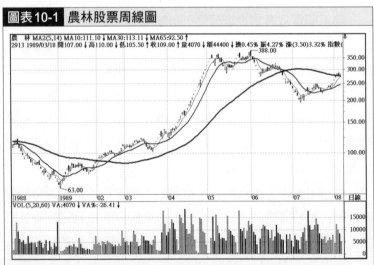

圖表10-1 農林股票周線圖

對許多人來說，股票投資最吸引人的地方，就是持有它的「希望」，而非它的真正價值。農林擁有許多資產，每當炒作時，主力都以資產為藉口。如今看來，其價值只是一種假象。1992年以後，股票市場的環境大有轉變，這種投機股不再風光。

此一原則的重要前提是：人不能在心理壓力下，從事任何投資。

2…第二原則：避免借貸原則

利用自有資金從事投資，比較沒有壓力。以借貸資金買進股票，除了負擔利息，萬一債權人臨時要索回資金，便須承擔賠本賣出的風險。

1988年，股市加權指數從2,247點漲至8,813點，許多人沒有賺到錢的原因就是借貸過多。

當大勢從底部翻升至4,000點時，投資人也許認為以自有的資金五十萬元賺得不甚過癮，於是借來100萬元加碼投入。待漲到7,000點或8,000點時，對自己的操作相當自信，再借500萬元投入。最後，行情從8,813點下挫，雖然只是回到4,645點，反而倒賠不少錢。缺少正確的投資策略，才會在賺錢時，只以少數的50萬元來投資獲利；而當賠錢時卻以鉅額的500萬或1,000萬元來損失。

以50萬元的金額來投資，對散戶來說，了不起獲利一倍或者兩倍，利潤最高不過100萬元。但當行情判斷錯誤時，若是以500萬元投資，跌個三成即為150萬；而跌掉了五成時，損失便將高達250萬元。此時可謂得不償失。

再有一例，一位「殺手級」投資者當年一路看好三商銀，從350元開始買進，然後在1,050元賣出，獲利近兩倍。但在得意忘形之下，一廂情願地認為三商銀有能力漲至1,700元，因

此在三商銀回跌至900元時大量搶進，為了賺更多便以丙種墊款方式買進。結果三商銀暴跌至500元附近，慘遭斷頭，原先賺到的2,000萬元連同本金1,000萬元賠得乾乾淨淨。

某些投資專家一再強調絕不可玩丙種墊款。信用過度擴張，難免因為一時的重大利空慘遭斷頭。不要將信用過度擴張，一旦資金被套時，只要景氣、大趨勢維持不變，可以耐心等待。隨著景氣波動循環，終有解套之時。

閒置資金原則的重點在於不要有心理壓力。相同的，借貸資金面臨債務催討壓力，更無法冷靜思考操作策略。

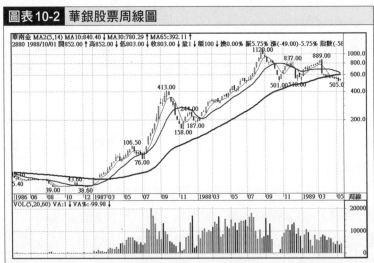

圖表10-2　華銀股票周線圖

三商銀在多年的營運下，一直未曾辦理資產的重估，在當時可謂原汁雞湯。1986年中，日本的證券專家在三商銀只有50元左右時，就以台灣的資金流量推測出，三商銀具有上漲至1,000元左右的實力；國泰人壽則有1,800元的實力，當時國壽大約是100元。

　　丙種墊款或保證金交易自有其槓桿功用，前提仍是不要讓自己承受過大壓力。

　　有些商場梟雄抱持的觀點是：個人能力有限，若是要成功，就必須運用他人的智慧，他人的勞力，他人的金錢。如果是這種觀點，那麼此人只要狠心一點，賠錢賠別人的錢，對自己倒也毫無影響。然而多數人恐怕做不到這一點；借錢不還或還不起，反而造成莫大壓力，不可自拔。

3…第三原則：長期投資原則

　　投資股票屬於較長期的「理財」行為。因為股票漲跌反應經濟景氣，而景氣的反轉既慢且長。以單一產業景氣來說，傳統產業景氣周期可能長達十年、二十年，即使較短的推升周期也在半年以上，持股未達半年，很難賺到大錢。

　　其次，既是長期投資就不要有短線觀點，要等候適當時機逢低進場。股票不是天天可以買的，也不是永遠都是多頭市場。「天天買，不要賣」是絕對錯誤的觀念。過去傳統產業周期可以長達十年、二十年，但是現在科技進步，競爭激烈，技術領先的差距逐漸縮小，產業景氣周期有越來越短的現象，必須特別注意。

　　過去大家相當崇拜日本股市大亨是川銀藏。他認為：「在資本主義世界，景氣不可能愈來愈差；每當景氣停滯或走下坡時，經濟政策的轉變，均足以醞釀下一波回升上漲的動能；而每次景氣上升的波動，亦蘊藏著向下調整的必然。」他在1989

年元月發表文章，極力看好美元與美國股票。這兩樣商品的投資，都讓崇拜他的投資人狠賺一票。

是川銀藏也曾發表「投資三大原則」：

① 發掘潛在優良股票，長期持有。

② 充實自己，別讓報章雜誌或專家影響自己的判斷。

③ 不要太貪心，要以自有資金操作。

這三個原則乍看簡單，卻讓許多人賺得無數財富。

長期持有某一家產業前景良好的股票，在經營者苦心創造利潤下，可以不時的獲取股利。此外，資本主義社會必然存在通貨膨脹，資產價值水漲船高都會反應在股價上，獲利絕對比定存高，說不定要高出許多倍。

唯投資人事先要審慎評估投資股票的風險，真正發掘潛在的優良股票。避免投入過度吹噓與誇張的投機股，如大明股票，從80元慘跌至0.17元的慘狀之後下市。此外，像產業景氣過度競爭的股票，亦是盡量避免碰觸；如82年以後的汽車業形成了群雄並起的局面，經營腳步跟不上的國產車、三富，就跌破了票面價值，最後下市。

附記

如今來探討三商銀大漲至千元價位的走勢，可以看出這是超漲。很多股票都有超漲空間，最後還是要回歸基本面。假如高檔套牢過多散戶，也勢必出現超跌。持有者曾經風光，眷戀不捨，到頭來只是紙上富貴。這種暴起暴落

在即將邁入已開發國家的開發中國家股市經常出現，市場價值重估常有太多假象。物極必反終有時。

2●選擇投資工具

對資金充沛的人而言，如何選擇適當的投資工具相當重要。若不能妥善管理、運用資金，最後會成為一池死水，甚至發臭。

二次戰前，有人大量囤積當時幣值極高的德國馬克，結果戰後德國破產，價值百萬美元的財富轉眼即成廢紙。

也有人在黃金每英兩七、八百美元追高大買，從1981年的高價套牢至今。即使是以低價買入黃金，也須考慮利息成本。一味在銀行存款的人，也應考慮利息收入能否抵銷通貨膨脹造成的貨幣貶值。

因此，真正懂得理財的人必須考慮下列因素，來選擇投資工具：

①**流動性與變現性**：該項商品工具是否變現容易？對於變現困難的房地產，在投資總額中應佔多少百分比？

②**資金規模**：資金多寡會影響到投資利潤的高低，商場上有「小錢要集中，大錢要分散」的說法。資金過小容易周轉困難，必須集中運用；而大量資金則應考慮分散風險，投資不同

商品及標的。

　　③**財務槓桿與報酬率**：該項商品工具報酬率高嗎？可以利用財務槓桿獲得利潤嗎？

　　④**時間**：該項商品工具需要長期投資才可獲得回報嗎？時間上會造成周轉困難嗎？

　　⑤**風險管理**：投資工具與商品都有不同的風險，該風險能控制、預防與管理嗎？

　　⑥**專業顧問與人才**：是否隨時可向具有資金管理、基本分析與技術分析的專業人才請教、諮詢？

　　⑦**價差與匯率差**：是否對商品工具的各種風險有相當的認識？

商品工具的投資風險有下列五項：

　　(1)**利率風險**：銀行體系的利率變動，對股票、債券、黃金及幣值都能產生影響。

　　(2)**購買力風險**：貨幣貶值後購買力降低的風險。

　　(3)**市場風險**：商品工具在市場上漲跌的風險，交投熱絡的商品風險性較低；而交易清淡者容易造成投機性的暴漲、暴跌，風險較高。

　　(4)**經營風險**：對於股票須考慮上市公司的經營風險。股票發行公司的經營能力、資本結構、市場競爭力及產業前景優劣，均影響股票價格。

　　(5)**匯率風險**：投資貨幣或海外資產應注意匯率變動。尤其現時美元滙率貶幅甚大，應特別小心匯率損失。

3●財務槓桿原理

利用槓桿原理可以更靈巧地運用財富，產生四兩撥千斤的效果。以投資外匯為例，如果在1986年12月，利用100萬美元以160.00日圓的價格買進日幣，即擁有1億6,000萬日圓。若次年12月以130.00日圓賣出，可取回123萬美元，淨利23%。

假設，投資人在1986年12月以一英兩400美元買進黃金，在次年12月以500美元賣出，則獲利25%。

適當地利用分析工具（包括基本分析與技術分析），可以讓投資者掌握更正確的買進、賣出時機。更可適當地運用信用擴張的投資策略，以小資金獲得較大的投資報酬率。

比如，以100萬美元買進日幣，即擁有日圓現金資產1億6,000萬圓。在金融體系當中，擁有資產就可以獲得抵押貸款，更何況是現金資產；因此理論上，買進100萬美元的日幣，並不需要拿出全額款項。

以投資外匯而言，若採取擴大信用的投資，則投資100萬美元的日幣外匯，只須保證金10萬美元。國內財政當局規定銀行的外匯保證金交易信用額度為十倍；但外國銀行的信用擴張程度則至少為十三倍，最高則達三十倍左右。前述例子以十倍的擴張信用來進行交易，獲利則達230%。此即所謂的保證金交易制度，無須拿出全部金額，投資人即可以小搏大。

　　雖然三十倍的信用倍數可能讓前述日圓交易，在短短一年獲利將近七倍之多。但是平常的期貨與外匯保證金規定，風險程度均已相當大，若本身技術能力不夠的話，很容易遭到斷頭，血本無歸。因此，初期投入保證金交易的投資人，最好以正常規定倍數的三分之一來進行交易，以免看對行情卻承受不住震盪而被迫砍倉。

4・資金的管理與運用

　　成功的投資者必須擁有良好的技術分析系統，適時運用在適合的商品和市場上。除此之外，更重要的是，一套良好的資金管理與運用的策略和方法。

　　這種策略與方法簡單易學，做起來卻有諸多困難，主要是牽涉到個性問題，比如人類心理上的弱點——貪心，及壓力造成的影響——怕輸。因此投資、交易者首先要克服人性貪心與怕輸的心態，其次是了解如何運用資金與管理資金。

　　①**資金運用**：資金可分散配置在不同的商品工具上，比如以總資金的20％至25％為限投資不同的商品。如果僅從事某一項商品的投資，則不妨將資金分成三個部分，例如總資金100萬，以30萬為第一部分的風險資金，另外30萬為第二部分的緩衝資金，剩下40萬則做為儲備資金（支援資金）。這個資金的配置比例，可視各人情況來調整。當第一部分的資金進場交

易後，行情走勢符合期待，再將第二部分、第三部分的資金陸續投入加碼進場。

②**資金管理：**當資金順利配置之後，也須確定每一部分資金所能承擔的損失程度，將風險降到最低。所以在進場交易之前，務必盤算可能的損失以及利潤。

假設進場後遭受損失，則須考慮應獲取多少的投資報酬率方可回復原來成本。以100萬為例，在損失了15萬（15％）之後，則須要有17.65％的投資報酬率，才能回本。損失了30％則要有42.9％的報酬率才能回本。損失了50％，則須獲利100％才能回本。

圖表10-3為資金損失與獲利平衡點的比較。每一部分的資金在達到某一個損失點或獲利平衡點時，就要結束這項交易，準備重新開始另一次交易。任何交易絕不可戀戰，愈陷愈深而不能自拔。

如果遇上大行情而大有斬獲，也絕對是資金重新分配的時機，以防金蘋果變成爛蘋果，此時宜將資金分批離場以確保戰果──永遠站在敗能守、勝可追的有利地位。

③**選擇進場時機：**及計畫好行情發生變化時的各種狀況處置，包括限定最大的可容忍損失。

④**務必遵照計畫行事：**在看對行情時，則慢慢觀看，選擇適當時機獲利了結。若是看錯行情，則依原先計畫在最大容忍的損失限度之內迅速砍倉，絕不戀戰。提防看錯行情時，短線變中線，中線變長線，越套越牢，陷於人性心理弱點。

圖表 10-3	資金損失與獲利平衡點的比較
原始資金損失（％）	獲利平衡點（％）
5	5.3
10	11.1
15	17.6
20	25.0
25	33.3
30	42.9
35	53.8
40	66.7
45	81.8
50	100.0
55	122.0
60	150.0
65	186.0
70	233.0
75	300.0
80	400.0
85	567.0
90	900.0

　　投資者若能審慎擬定進出場策略，必能無往不利，在交易市場中攫取大筆財富。研判原則：

　　①先判斷較長期的大趨勢，用以擬訂短期的操作策略。

　　②盡量順勢單向操作。

　　③以短期走勢，修正長期波幅。但要避免短期走勢誤導長期趨勢的研判。

5 ● 操作策略的評估

1…金字塔式操作

　　許多書籍和報章雜誌常談到金字塔的操作策略。其基本原則是在底部大量買進，隨後分批減量進行加碼（圖表10-4）。待行情高檔出現時，則倒過來分批賣出，此時賣出量由下往上遞增。

　　事實上，這個策略是根據一個不正確的假設：誰能正確研判底部或頭部已經出現？

　　若能確認底部，為何不將所有資金一次投入，何苦分批往下承接？

　　若是底部不能確立，只是小量的分批進場。此時，便有兩個結果，其一為底部馬上出現，只能賺到微小利益；其二為資金耗盡之時，底部仍然遙遠。

　　因此，金字塔式的操作策略，在前提上即考驗著投資者對行情漲跌的波段是否有十足的掌握。而既然能掌握行情，就不該使用金字塔式的操作策略。結論是：金字塔式的操作策略，似是而非，完全無用。

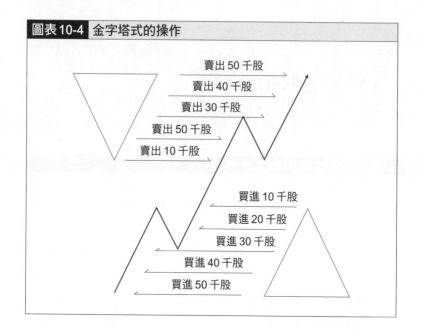

圖表10-4　金字塔式的操作

2…等量攤平式操作法

嚴格說來，等量攤平法比起金字塔操作方法，一樣要面對行情研判正確與否的問題，但較為正確可行。

攤平法最主要目的在於攤平，即降低持股成本。若是投資者在買進之後，發覺判斷錯誤時，即可等待短期底部出現進行加碼。然後等待反彈至中價（成本價）時，在不賠錢或小賺、小賠的狀況下出脫持股。

1988年9月24日證交稅公布後，主力大戶來不及出貨，於是藉著加權指數5,600點附近的攤平動作，待行情反彈在7,500點一舉解套成功。

　　唯在擴大信用程度的保證金交易、丙種交易當中，絕對忌諱亂加「死碼」。即使非加死碼不可，加碼間隔亦不可過於接近——資金一旦用盡，又再度看錯行情，那就不可收拾了。

　　加碼的攤平策略，旨在提防萬一失誤。馬有失蹄，人也會失常。後援資金，即在應急。這正是前面一再強調的，不可孤注一擲，以免無路可退。

3…其他操作策略

　　①**RSI比值法**：即利用十四日RSI，做為進出買賣的依據。當RSI值跌至20以下時，分批買進；而當RSI值高於80以上，分批賣出。此亦為良策。

　　②**漲跌百分比法**：即當大勢漲跌超過了固定的百分比時，投資者隨即予以買進或賣出。比如上漲超過10%時買進；下跌超過8%則賣出。此種百分比，可視商品之不同而設定。

　　③**定量買進法**：即每隔一段固定的時間，以投資者自己收入的某一金額或百分比，不管行情的漲跌買進，作為長期投資。比如說，每三個月投資二十萬元的定量金額買進股票。

　　④**固定定額投資法**：比如固定投資五百萬元於股票，每半年審視一次。當帳面價值超過五百萬元時，即將超出的部分賣出；而若是帳面總值低於五百萬元時，則再加碼買進以補足差額。

6‧順勢操作觀念

　　「順勢操作」對有些投資人可謂老生常談，甚至認為是無聊的廢話。然而就事論事，許多人的投資行為充滿矛盾與不安，明明在漲勢之中也無法確認、掌握大勢趨向。

　　投資人的普遍心態是，大勢仍然在低檔時，跟他說行情可能漲個400點，他都感到懷疑；而在萬點高檔之時，反而樂觀的期盼漲至14,000點，甚至16,000點。有時，即使在樂觀心態下，也往往行情稍經震盪，隨即驚慌失措認賠出場。

　　既然要前進股市，起碼要對大勢高點有初步判斷，否則連漲個400點的行情都不敢期望，對大勢仍有大回檔的恐懼。既然這麼害怕，何苦為了要賺個400點不到的行情，來冒套牢風險。這種心態，不如乾脆退出股市。

　　因此，踏入股市，若非如前述以長期投資為目的，而是進行中短線的投資，最起碼要對大勢趨向有著較為明確的研判。否則終日不安，搶進殺出震盪，可能得不償失，不賺反賠。

7 ● 投資的最佳組合

　　投資股票若是資金允許的話，詳細規劃投資組合才能有更佳的投資報酬率。投資目標若過於集中，難保不會碰上不動的牛皮股。除非是資金的確過少，或者自己有絕對把握，不然集中於一支股票並非良策，此即為「大錢分散，小錢集中」的原則。

　　而投資若是過於分散，買進了十幾、二十種股票，反而不容易分析研究，甚至連哪支股票賺錢賠錢，都搞不清楚。

　　比較理想的範圍是選擇三至五支股票。投資組合中並儘量撥出20%到30%的資金買進投機類股；剩餘資金則投入績優股與各類股。

　　經過統計，以小部分投入兩、三類投機股所獲得的利潤，常有大於績優股總獲利的例子。近兩、三年來，更有不少人以極小部分資金買進「全額交割股」，賭對就有十來倍的利潤，就像醜小鴨變成天鵝的中纖、國豐等。賭錯了，大不了像下市的大明，只賠點小錢。而這種較小的損失，卻可靠其他績優股的獲益來補償。

　　歐美近年流行一種「保證還本」的期貨共同基金。比如投資人投資100萬元，基金經理人則將其中的一半或比一半稍多的資金，買進國庫券或債券；其他資金則從事高風險、高利潤

的期貨投資。五年後，本利至少可拿回本金一百萬元。如此，投資人最壞打算是取回原始投入資金，犧牲利息，卻享有期貨暴利的投資機會。

這種組合進可攻、退可守，是相當可靠的投資技巧與組合。若具深厚功力，能夠確認行情的真正低點，把資金投入投機股來獲取超級利潤，亦無不可。

8 · 技術指標的超買、過熱與背離

在漲勢兇猛當中，初學者常感困惑：書上不是講技術指標在達到一個程度之後，是屬於超買與過熱的狀況？那為什麼還會繼續漲。

事實大家都看到了，超強漲勢中，技術指標都在高檔盤旋。提早把股票賣了也還好，只是少賺一筆；若是反頭放空，那可虧大了。

本書從一開頭起，即強調順勢操作。大趨勢的形成必有其人氣因素和市場心理。漲勢既定，方向就不容易更改，順著勢操作，不要貿然放空，了不起只是少賺，卻不容易賠錢。

更何況，若完全依照技術指標操作，早就應該在低價的時候買進，不會等到技術指標過熱才考慮操作方向。

許多賠錢的例子，盡是在低價時心裡惶恐不安，不敢買進。等到真正漲上去，就要等技術指標過熱或背離來放空。

　　順勢操作，低價買進，在高價只能等訊號賣出；此時可以將持股賣出平倉，並不代表可以放空新的空單部位。在大漲勢當中，有可能僅是短促回檔，讓技術指標稍為和緩，隨即大幅拉抬。所以有的股票可能低價買進又高價賣出之後，當訊號再度出現買進時，都要以更高的價錢追買。

　　在順勢的情況下，追買高價都有可能繼續賺錢。書中的理論都說指標值在25以下時的買進訊號較為正確。但實際的驗證結果是，只要大勢向上，幾乎所有買進訊號都正確，管它過熱不過熱；而此時的賣出訊號幾乎都錯。

　　反過來說，低價不買，等高價放空，有可能被逼高價認賠回補。此時通常心存僥倖，認為技術指標過熱，說不定馬上就會回檔，也許有低價可供回補買進，也因此越套越深。此種錯誤，一般都發生在無法自我控制的人身上。

　　曾經有個例子，一位投資人在某個技術分析軟體公司中，與該公司的技術分析專家一齊研究外匯走勢。突然發現英鎊在下跌中出現嚴重背離現象，隨即進場買進英鎊，結果虧損相當大的金額。事後檢討，當時技術指標是背離沒錯，但並未出現買進訊號。學習技術分析的人通常無法在指標背離時有所警覺；即使有警覺的人也常常操之過急，在尚未出現交叉買進訊號時，急於進場買進。

　　針對某些超強特例，技術指標可以在過熱的狀況下，繼續飆漲數倍行情，此時趨勢線的維持與否，是重要的研判關鍵。在這種狀況下，連續出現三、四個頭的背離，亦不足為奇。

◦參考書目

《艾略特波浪理論主旨》（*The Major Work of R. N. Elliott*），
Robert R. Prechter著。

《艾略特波浪理論》（*Elliott Wave Principle*），Frost and Prechter
著。

《期貨技術分析》（*Technical Analysis of the Future Market*），
John J. Murphy著。

《金融期貨》（*Financial Futures*），Nancy H. Rothstein著。

《投資交易策略》（*Trading Strategy*），Curtis Arnold等著。

《技術分析新觀念》（*New Concepts in Technical Trading Systems*），
J. Welles Wilder, JR. 著。

《技術分析解釋》（*Technical Analysis Explained*），Martin J.
Pring著。

《TSCI技術分析講義》，陳玉炯著（香港）。

⊙七版代序：
研究技術分析的心路歷程

見山是山，見水是水；

見山不是山，見水不是水；

見山又是山，見水又是水。

　　本書從初版以來，凡一有新的技術觀念、詮釋，並不像其他書籍，另編一本內容大同小異的新書。而是每一版重新加以修訂，筆者相信技術絕無花俏，差異的只是詮釋的方法。

　　畢竟研究技術分析是一種心路歷程，從無到有，從平淡以致於似乎稱得上用場，總有不斷的困惑與突破，包括技術死角，甚至心理、個性上的障礙，均是研究者所要克服的。

　　筆者研究技術分析多年，探究不少技術理論，也認識了不少的真高手、假高手，包括自己的親身體驗，最後總是覺得，勝敗、輸贏的關鍵在於「策略」。

　　筆者自學生時代，即喜好深入的研究兵法與戰略，因此在本書的初版發行時，即考慮要把投資策略寫得更完整。可惜的是，在當時有關於這方面的實務知識，實屬有限。直至1989年中有幸認識了不少「投機」高手與技術高手，才更增加了筆者之見識。當時也發覺，一個真正的高手在五年賺個100倍是眼

見為真的事實，而夢想的實現只在心理上的差異。

這些高手從來不與他人爭論自己的判斷能力，他們相信自己判斷的正確性，更確切相信自己的操作策略。事實也證明，一個判斷行情有八成以上正確機率的專家，其投資報酬率不見得會比只有七成把握的人高。

本書第七版，除部分篇幅修訂之外，則再增加投資策略上的觀念。期能使本書更加完整，使投資者有更高的運用價值。許多技術指標，均有其死角、缺陷，若能以策略來加以輔助，那麼過去投資者對於技術分析的疑惑，可能有所釋疑。恰似見山又是山，見水又是水。技術分析運用之妙，存乎一心。

眾裡尋他千百度，驀然回首，燈火闌珊處。

鄭超文　1990年8月10日

◦三版代序：機率與心態

　　1989年元月6日，筆者於台中講課時，強調真正的認識「機率」的意義，才是克服技術分析死角的不二法門。

　　許多人誤以為技術分析，並不適用於台灣股市，事實並非如此，這乃是他們未能深入了解技術分析的基本理論與結構，也不了解「機率」的意義。

　　當天筆者於上課前，聲明送給所有學員一個禮物，即第二天可以買進股票，保證賺錢。理由是當天出現了相當重要的反轉訊號──「單日底部反轉」。這個訊號的特徵是：當日出現連續重挫後的新低點，收盤卻比前一天的收盤還要高，即留下了極長的下影線。

　　這種訊號的勝算機率，約為38：1，即投資人每根據此種訊號進行48次的交易，就有38次的成功機會。

　　然而事後證明，這種高達80%的勝算機率下，仍然有不少人害怕碰上20%的失敗機率，而不敢買進。這乃是人性弱點：害怕萬一的失敗，而放棄成功與賺錢致富的機會。

　　天下絕無白吃的午餐，也沒有不需要蝕把米而能偷雞的。若無法克服小輸、賠錢的心理，絕無成功致富的機運。同樣的，在上述反轉訊號的例子中，若不嘗試一次的失敗，又那來其他的388次成功的機會。

　　許多的技術分析指標，基於其設計原理與結構，自然無法適用於各種長、中、短線不同策略的交易進出。此時更是需要投資者根據本身的個性、策略，加以修正。就以單日反轉訊號來說，若能再多加注意上下影線的長度，則勝算機率可能再提高不少的程度。

　　因此研究技術分析，不能不分析其正確的成功機率，若能掌握一個勝算機率甚高的技術分析工具，擬訂策略與計畫，持續的操作，絕對有成功致富的機會。

　　人，最大的敵人就是自我的心理。若能根據機率，克服內心的恐慌，那麼又何必在乎任何劇烈的變動，正所謂泰山崩於前而面不改色。

　　膽量、個性永遠是投資或投機行為中，最重要的條件，否則空有極高深的技術能力，亦無法賺錢。就正如一個武功極為高強的武林高手，若是不敢面對敵人，那麼多年的苦練功夫，也就算是白白的浪費了。而膽量與策略，正是成為一個實戰高手，所需要的修鍊重點。

　　　　　　　　　　　　　　　　鄭超文　　1989 年 5 月 6 日

投資理財系列61

點線賺錢術
技術分析詳解

作　　者　鄭超文
發 行 人　邱永漢
總 編 輯　楊　森
主　　編　陳重亨、金薇華

出 版 者　財訊出版社股份有限公司
　　　　　http://book.wealth.com.tw/
　　　　　台北市南京東路一段52號7樓
　　　　　訂購服務專線：886-2-2511-1107
　　　　　訂購傳真：886-2-2536-5836
　　　　　郵撥：11539610財訊出版社

製版印刷　沈氏藝術印刷股份有限公司
總 經 銷　聯豐書報社
　　　　　台北市重慶北路一段83巷43號
　　　　　電話：886-2-2556-9711

登 記 證　行政院新聞局版台業字第3822號
初版一刷　1988年1月1日
十版一刷　2006年2月10日
定　　價　380元

＊本書承蒙長亨資訊有限公司提供相關股價走勢圖，特此誌謝。

國家圖書館出版品預行編目資料

點線賺錢術：技術分析詳解／鄭超文著. --
十版. -- 台北市：財訊，2006〔民95〕
　面；　公分. --（投資理財系列；61）
參考書目：面
ISBN 986-7084-01-2（平裝）
1. 投資
563.5　　　　　　　　　　　94025046